D1833316

गोविन्द मिश्र

गोविन्द मिश्र समकालीन कथा-साहित्य में एक ऐसी उपस्थिति हैं जिनकी वरीयताओं में लेखन सर्वोपरि है, जिनकी चिन्ताएँ समकालीन समाज से उठकर 'पृथ्वी पर मनुष्य' के रहने के सन्दर्भ तक जाती हैं और जिनका लेखन-फलक 'लाल पीली ज़मीन' के खुरदरे यथार्थ, 'तुम्हारी रोशनी में' की कोमलता और काव्यात्मकता, 'धीरसमीरे' की भारतीय परम्परा की खोज, 'हुज़ूर दरबार' और 'पाँच आँगनोंवाला घर' के इतिहास और अतीत के सन्दर्भ में आज के प्रश्नों की पड़ताल–इन्हें एक साथ समेटे हुए है।

उनकी प्रमुख कृतियाँ हैं—'वह अपना चेहरा', 'उतरती हुई धूप', 'लाल पीली ज़मीन', 'हुज़ूर दरबार', 'तुम्हारी रोशनी में', 'धीरसमीरे', 'पाँच आँगनोंवाला घर', 'फूल...इमारतें और बन्दर', 'कोहरे में क़ैद रंग', 'धूल पौधों पर', 'अरण्यतंत्र', 'शाम की झिलमिल', 'ख़िलाफ़त', 'हवा में चिराग़', 'राह दर बदर' (उपन्यास); 'पगला बाबा', 'आसमान...कितना नीला', 'हवाबाज़', 'मुझे बाहर निकालो', 'नये सिरे से' (कहानी-संग्रह); 'कहानी समग्र' (सम्पूर्ण कहानियाँ तीन खंडों में); 'धुंध-भरी सुर्ख़ी', 'दरख़्तों के पार...शाम', 'झूलती जड़ें', 'परतों के बीच' (यात्रा-वृत्त); 'साहित्य का सन्दर्भ', 'कथा भूमि', 'संवाद अनायास', 'समय और सर्जना', 'साहित्य, साहित्यकार और प्रेम', 'सान्निध्य-साहित्यकार' (निबन्ध); 'ओ प्रकृति माँ!' (कविता); 'मास्टर मनसुखराम', 'कवि के घर में चोर', 'आदमी का जानवर' (बाल-साहित्य); 'रंगों की गंध' (समग्र यात्रा-वृत्त दो खंडों में); 'चुनी हुई रचनाएँ' (तीन खंडों में); 'गोविन्द मिश्र रचनावली' : संपादक नन्दकिशोर आचार्य (बारह खंडों में)।

उन्हें 1998 के 'व्यास सम्मान', 2008 में 'साहित्य अकादेमी पुरस्कार', 2011 में 'भारत-भारती सम्मान', 2013 के 'सरस्वती सम्मान' और 2024 के 'आकाशदीप सम्मान' समेत कई पुरस्कारों व सम्मानों से सम्मानित किया गया है।

ई-मेल : govindmishra1939@gmail.com

राह दर बदर

गोविन्द मिश्र

राजकमल पेपरबैक्स

राजकमल पेपरबैक्स में
पहला संस्करण : 2025

राजकमल पेपरबैक्स : उत्कृष्ट साहित्य के जनसुलभ संस्करण

राजकमल प्रकाशन प्रा. लि.
1-बी, नेताजी सुभाष मार्ग, दरियागंज
नई दिल्ली-110 002
द्वारा प्रकाशित

शाखाएँ : अशोक राजपथ, साइंस कॉलेज के सामने, पटना-800 006
पहली मंजिल, दरबारी बिल्डिंग, महात्मा गांधी मार्ग, प्रयागराज-211 001
1, अनमोल सोराबजी सन्तुक लेन, धोबी तलाव, मरीन लाइंस, मुम्बई-400 002

वेबसाइट : www.rajkamalprakashan.com
ई-मेल : info@rajkamalprakashan.com

विकास कंप्यूटर एंड प्रिंटर्स
ट्रॉनिका सिटी-201 102
द्वारा मुद्रित

मूल्य : ₹250

RAH DAR BADAR
Novel by Govind Mishra

ISBN : 978-93-6086-999-1

भूमिका

अपने किसी उपन्यास की भूमिका लिखने के लिए मुझमें बहुत उत्साह नहीं जागता...यों कि मैं सोचता हूँ कि रचना को ही कहना चाहिए जो उसे कहना है या जो भी लेखक का आशय है। कभी-कभी रचना अपने कहन और लेखक के आशय के आगे भी बहुत-कुछ कह जाती है...तो यह रचना के अपने व्यक्तित्व-लेखक से पृथक—का करिश्मा है। भूमिका लिखने से यह क्षेत्र संकुचित हो सकता है...

फिर भी इस उपन्यास की भूमिका लिखना थोड़ा ज़रूरी लगता है...क्योंकि यहाँ जो जीवन है, वह तो है ही...इसमें समाजशास्त्र भी आ गया है। उपन्यास की शैली में भी यहाँ एक प्रयोग घुस गया है...जिसे स्पष्ट करना ज़रूरी लगता है। कोशिश करूँगा कि भूमिका में मैं ख़ुद को उपन्यास के शिल्प तक ही सीमित रखूँ।

प्रथम दृष्ट्या यह उपन्यास नहीं, लम्बी कहानियों/लघु उपन्यासों—जो एक-दूसरे से एकदम अलग हैं, अपने आप में पूर्ण भी—उनका संकुल दिखेगा। अगर उपन्यास है तो कहानियों को कहीं जुड़ना भी चाहिए। इनमें जोड़ है, काफ़ी महीन...क्योंकि वह 'थीमेटिक' है...कथा का नहीं, 'थीम' का जो समाजशास्त्र से सम्बन्ध रखती है—मध्यवर्गीय भारतीय नारी की अन्तश्चेतना का 1940 से 2020 तक क्रमिक विकास। जीवन तो हम अपना ही जीते हैं, लेकिन उसकी सीमा-रेखाएँ, जिस समय हम पैदा हुए...उसके आसपास से निर्धारित होती हैं। इसलिए '1940...घर या घेरा!' यहाँ भारतीय नारी की—पति द्वारा वह गाय

की तरह जैसे हाँकी-मारी जाती थी—वह तस्वीर है। उस स्थिति में भी उसकी चेतना विकसित होती चलती है, वह आगे के वर्षों को भी जीती है, यह 1940 के आगे...लगाकर ध्वनित किया गया है। एक कालखंड की नायिका की अन्तश्चेतना उन्मुख किस दिशा की ओर है—यह इंगित होता है उसके जीवन के अन्तिम दौर में—जैसे पहली कहानी में समाज नायिका को पति के रूप में मालिक ही देता है, प्रेम से उसकी पहचान ही नहीं हो पाती। पहचान होती है दूसरी कहानी—'1950...श्याम होता तो' में। यहाँ पति द्वारा दी जाती यातना शारीरिक नहीं मानसिक है। तीसरी कहानी—'1970...वृक्ष से लिपटी बेल' में पहचान के आगे प्रेम में प्रवेश है तो वृक्ष से विलग हो बेल के सूख जाने की नियति का अहसास भी। इसलिए '1980...अपना वृत्त' में प्रेम के बगल से चलते हुए भी अपनी अस्मिता की तलाश, उस पर टिकने की आकांक्षा है। यह आगे आने वाले समय में फैलती है तो भारतीय नारी, जो एक समय पति द्वारा जानवर की तरह मारी-पीटी जाती थी...वह पति/पतियों को बाहर फेंक देने का आत्मविश्वास प्राप्त कर लेती है—'2000...दैन आउट यू'। इस आत्मविश्वास का आगे '2010...सशक्तीकरण' है...लेकिन 'मीटू' आन्दोलन से प्रभावित रेखा की ही लड़की लक्ष्मी यू-टर्न लेती है। वह अस्मिता में लिप्तता की दिशा में आगे न बढ़कर घर की आकांक्षा की तरफ़ लौटती है...लेकिन समय तो आगे बढ़ चुका तो लक्ष्मी की छोटी बहन प्रश्नचिह्न बनी अभी भी खड़ी है—बढ़ती वैयक्तीयता विवाह की सीमाओं में बँधी नहीं रह सकती, विवाह की ज़रूरत भी है क्या, विवाह का विकल्प? क्या 'लिव-इन'? यह '2020... डूबकर जाना' में है। आने वाले समय—2020 के आगे—भारतीय नारी किस दिशा में जाएगी—विवाह या 'लिव-इन' या अकेली? अन्त में अनन्तता है, इसलिए वर्ष नहीं हैं। अनन्तता में झूलता प्रश्न—आज की भारतीय नारी को क्या चाहिए स्थैर्य या गति? साथ चलता आदर्श—घर और घर में प्रेम भी... आदर्श जो सहज प्राप्य न भी हो, रहता हमेशा है।

अलग-अलग समय की ये नारियाँ...एक से दूसरे में विस्तार हैं। एक को जो रास्ता नहीं मिला, उस पर दूसरी चलती है या विकल्प पर। यही इन कहानियों

को जोड़ता है...जो मेरे आग्रह कि यह उपन्यास ही है—उसका आधार है। भारतीय नारी की स्थिति और उसमें सुधार—यह हमारे चिन्तन में चलता चला आया है...लेकिन मेरी कोशिश रही है कि यहाँ समाजशास्त्रीय पक्ष जीवन पर हावी न होने पाए क्योंकि साहित्य अन्ततः तो जीवन की व्यथा-कथा ही है।

—गोविन्द मिश्र

2 जनवरी, 2023
भोपाल

1940...घर या घेरा!

आख़िर वे अपने घर पहुँच गईं।

झगड़ना पड़ा बड़े बेटे से जिसके यहाँ वे रह रही थीं—एक तरह से आश्रिता बहू की अनाप-शनाप बातें सुनने को मजबूर! बड़े की मातृभक्ति उनके लिए कभी संशय की बात नहीं रही। पति से झगड़ों के दौरान भी वह हमेशा माँ की तरफ़ ही रहा। बहू से झगड़े की नौबत वे ही नहीं आने देती थीं, दबकर रहती थीं क्योंकि वे कभी नहीं चाहती थीं कि बेटा-बहू का घर बिगड़े। पति के गुज़रने के बाद बड़े का घर छोड़ने की बात उनके मन में रह-रहकर उठने लगी। उन्होंने बड़े को समझाया—"तुमने देखा है जैसे मैंने अपना जीवन तुम्हारे बाप की गालियाँ, लात-घूँसे खाते हुए बिताया है, अब बुढ़ापे में मुझसे किसी की कड़वी बातें, व्यंग्य-बाण झेले नहीं जाते। तुम्हारे बाप के जीने-जीने तक तुम्हारे साथ रहना मेरी मजबूरी थी। और कहाँ रहती, वह साथ रहता ही और मुझे कच्चा चबा जाता। अब वह नहीं है तो मैं अपने घर में रहना चाहती हूँ। मुझे एक छोटा-सा घर ख़रीदवा दो, मेरे बचत खाते में जो रुपये पड़े हैं उससे। मैं क्यों न अपनी बचत के रुपये अपने ऊपर खर्च करूँ..."

बड़े बचपन से प्रत्यक्षदर्शी रहा था...जैसे-जैसे कहर उसके बाप ने माँ पर ढाये थे। एक बार जब वे अपने स्कूल की हैडमिस्ट्रैस के घर कुछ ज़्यादा देर तक रुक गई थीं तो उसने इसी बेटे को उन्हें बुला लाने के लिए अन्दर भेजा था, ख़ुद बाहर खड़ा रहा। वे जैसे ही बाहर आईं, तो वहीं दरवाज़े से दे थप्पड़ पर थप्पड़। वे अपनी दुर्दशा बाहर किसी को नहीं दिखाना चाहती थीं।

गनीमत कि उस वक़्त हैडमिस्ट्रैस या उनका नौकर दरवाज़े पर नहीं था। वे सड़क वाला रास्ता छोड़ गलियों के रास्ते घर की तरफ़ भागीं...किसी तरह घर के अन्दर घुस जाएँ। मर्दुआ रास्ते भर उन्हें दौड़ा-दौड़ा कर मारता रहा। हाँकी जाती गाय की तरह वे आगे-आगे भागी जाती थीं, पीछे बलबलाता वह, उनका पति। उसके पीछे रोता-बिलखता चला आता उनका बेटा, माँ की असहायता देखता हुआ, यही बड़े। उन दिनों क़रीब-क़रीब हर पुरुष इसी सिद्धान्त पर चलता था—पत्नी को मारपीट कर ही वश में रखा जा सकता है। इसलिए पति द्वारा पत्नी को सरेआम बेरहमी से पीटा जाता देखते हुए भी कोई पति को बरजने/समझाने के लिए नहीं रुकता था। एक दूसरी बार आँगन में नीम के पेड़ के चारों तरफ़ घेरे में दौड़ा-दौड़ा कर पति नाम के उस आदमी ने रस्से से उन्हें पीटा था। यह भी बड़े ने देखा था। उस रात जब वे अकेले अपने भाग्य पर रो रही थीं तो छः साल के इसी बेटे ने कहा था—'अम्मा! बाबू कब मरेंगे?'

उसी बेटे को इन्हें बताना पड़ा कि उनसे अब किसी की बातें सही नहीं जातीं और उसी ने उनकी बात सुनी-अनसुनी कर दी। बड़े, जैसे कि कोई भी सोचता था कि पचासी साल की बुढ़िया अलग, अकेले कैसे रहेगी...इस उम्र में मकान ख़रीदना चाहती है! बड़े की टालमटूली देखकर उन्होंने थोड़ा सख़्त होकर उससे कहा—'अगर तुमने मुझे घर ख़रीदवा कर नहीं दिया तो देखना तुम बहुत पछताओगे।' उसके बाद उन्हें बराबर बुखार रहने लगा। बड़े घबरा गया...माँ आत्महत्या के रास्ते जा रही हैं क्या?

वह धमकी काम आई। बड़े ने उनके ही रुपयों से एक कमरे वाला फ़्लैट ख़रीदवा दिया। इत्तेफ़ाक कि उसके घर के पास ही मिल गया। बड़े ने उनकी छोटी-मोटी गृहस्थी भी जमा दी। अब वे अपने घर में हैं।

अपना घर होने की उनकी साध बचपन से ही थी, हमेशा रही। माँ-बाप आर्थिक रूप से विपन्न थे, एक कोठरिया वाला उनका कच्चा घर। पिता सामने के छोटे मन्दिर में रहते थे। उसके भी सामने बड़ा मन्दिर था—कई छोटे मन्दिरों का संकुल...जहाँ एक लड़की दूसरे हमउम्र लड़के-लड़कियों के साथ मन्दिरों की गलियों, परिक्रमाओं में उचका-कूदी, छिपा-छुपव्वल खेलती थी...

कि एक दिन उसी बड़े मन्दिर के पीपल तरे हल्दी छिड़की लट्ठे की धोती पहना कर उसे एक अजनबी लम्बे लड़के के साथ बिठा दिया गया, पेड़ के इर्द-गिर्द फेरे हो गए, बताया गया कि उसका विवाह हो गया। हुआ यह था कि एक बारात में लम्बे क़द का एक लड़का भी आया था। किसी ने लड़की के पिता को खबर दी, यह भी बताया कि बारात में लड़के के पिता भी आए हैं। लड़की के पिता दौड़े-दौड़े गए, और परायी बारात के भब्बड़ के बीच उसका भाग्य बिठा दिया गया। परिवार ब्राह्मण, लड़का काना—खुतरा नहीं... और क्या देखना। उधर लड़के के पिता भी मुँह बाए बैठे थे—उनके सभी लड़के कुँवारे थे, एक का विवाह हो जाएगा तो वंश चलेगा। तो चट-पट ब्याह। बारात किसी की...उसे ही अपनी बारात मान लिया गया। उधर किसी घर में उस बारात वाले लड़के का विवाह हुआ, इधर बड़े मन्दिर में पीपल तरे गरीब माँ-बाप ने अपनी बेटी का कन्यादान कर दिया—लड़की तेरह साल की, लम्बा लड़का पता नहीं कितने का...

विवाह के बाद लम्बा लड़का और उसका बाप उसी बारात के साथ लौट गए, जिसमें आए थे। लड़की को ससुराल नहीं भेजा जा सकता तो उसे मुन्नी फुआ के यहाँ रख दिया गया क्योंकि उसके अपने घर में खाने-पीने की तंगई थी। तीन आँगनों वाला बड़ा घर था मुन्नी फुआ का, सम्मिलित परिवार। लड़की उनके नाती-पोतों के साथ खेलती रहती, वक़्त ज़रूरत दुधमुँहे बच्चों की देखभाल करती, जिसके एवज़ उसे भी घर के बच्चों के साथ खाने पर बिठा दिया जाता। लम्बा लड़का, जो अब लड़की का पति था, जब-कब मुन्नी फुआ के घर के आसपास मँडराता दिखता तो मुन्नी फुआ के बड़े लड़के उसे डाँट-डपट कर भगा देते, पीछे से लड़की देखती रहती...अपने खेलों में शामिल किये जाने लायक वह सचमुच नहीं था, बाहर का था। लड़की के पति ने मोहल्ले के एक सेठ के यहाँ गुहार लगाई—उसकी ब्याहता, मुन्नी फुआ के यहाँ कैद है, उससे वहाँ नौकर की तरह काम लिया जाता है, उसकी ब्याहता उसे दिलाई जाए। सेठ ने मुन्नी फुआ के पति को तलब किया, व्यवस्था दी—'विवाह के बाद लड़की का मालिक उसका पति है, लड़की उसे सौंपी जाए...'

मालिक लड़की को पाकर उसे सीधा अपने गाँव के घर ले आया। यों लड़की की विदा हुई, वह ससुराल पहुँच गई। माँ-बाप के घर से उखाड़ कर उसे एकदम अपरिचित परिवेश में धर दिया गया। एक अजनबी लड़का... अब उसका मालिक—जिसके साथ उसे पूरी ज़िन्दगी बिताना थी। ससुराल में मालिक के अलावा उसके तीन अनब्याहे भाई और ससुर थे। सास का देहान्त हो चुका था, तो औरत जाति की एकमात्र वही—वह लड़की, अब बहू। बहू का काम...अँधियारे में पानी भरी गड़ई लेकर खेत/जंगल की तरफ़ निस्तार को जाना, लौटकर कच्चे चबूतरे से शुरू करके पूरे घर में झाड़ू लगाना। आँगन के एक किनारे आड़ में अपने कपड़े धो लेना, नहा लेना। उसके बाद घिनौची के कलसा-कंसाड़ी का पानी नांद में डाल, उन्हें लिए कुएँ पर पहुँचना...दो-तीन खेप में नांद और पूरी घिनौची के बर्तन भरना। फिर रसोई में घुस जाना, पाँच मर्दुओं के लिए चूल्हे पर रोटड़े सेंकना...मर्दुओं का जीमना कराना, तब तक रसोई में घुसे रहना जब तक कि वे खा-पीकर खेत को नहीं निकल जाते। उसके बाद बर्तन-भांडे माँजना-धोना। दो काम अलबत्ता तेरह साल की उस लड़की से नहीं लिए जाते थे—आटा पीसना और दूसरों के कपड़े धोना। आटा पड़ोस की रमा काकी के यहाँ से आता था और मर्द लोग जिस तालाब में नहाने-निस्तार को जाते थे, वहीं अपने-अपने कपड़े धोकर ले आते थे। दिन में रोटड़े लेकर उसे खेत में भी नहीं जाना होता था, सब घर से ही बाँधकर ले जाते। उनके लौटने पर ब्यारी की तैयारी वैसे ही जैसे सवेरे का खाना। दोनों समय सबके खा लेने के बाद ही रसोई के एक कोने में सिमट कर बचा-खुचा खा लेना। सवेरे से काम पर काम, ऊपर से मालिक तो मालिक, सभी मर्दुए उससे डाँट-डपट कर ही बात करते...जैसे वह मालिक भर की नहीं, घर के सभी आदमियों की सम्पत्ति थी।

सारी ज़िन्दगी वैसे ही निकल जाती...कि एक रोज़ भाइयों के बीच किसी बात को लेकर झगड़ा हुआ, मालिक बैलगाड़ी लेकर आ गया और उसे अपने कपड़े-लत्ते लेकर बैठने का हुक्म दिया, इतना ही बताया कि उसे अपने माँ-बाप के यहाँ जाना है। लड़की ख़ुश, जल्दी समेट-समाट कर पट्ट से बैलगाड़ी में जा बैठी,

हल्का घूँघट काढ़े...जो विवाह के वक़्त उसे सिखा दिया गया था। एक लोटा रास्ते में पानी पीने के लिए और एक बिजना पंखा झलने को रख लिया। बैलगाड़ी जब चलने को हुई तो ससुर ने दरवाज़े से खड़े-खड़े कहा—'मुन्नी! जे बिजना और लोटा ई घर के आंय...'। लड़की ने दोनों चीज़ें बैठे-बैठे ससुर की तरफ़ फेंक दीं...

इतने दिनों ससुराल में रहते हुए यही एक प्रतिकार था जो लड़की ने किया। उस वक़्त तो वह यह सोचकर ख़ुश थी कि अपने माँ-बाप के यहाँ रहने जा रही है, बड़े मन्दिर में फिर खेल-कूदने को मिलेगा। मालिक ने लड़की को उसके मायके में पटक कर छुट्टी पा ली—वे जाने, उनकी सन्तान। वह ख़ुद उसी सेठ के यहाँ चला गया जिसने उसे पत्नी की मिल्कियत दिलाई थी। सेठ के घर के बाहर कम्पाउंड में जो मन्दिर था, वहीं पूजा-पाठ करने/रहने लगा। बड़े मन्दिर में खेलकूद वाले लड़के-लड़कियाँ वही थे...लेकिन अब वह उनमें शामिल नहीं हो सकती थी क्योंकि उसका विवाह हो चुका था। अपनी ज़िन्दगी सँभालने की ज़िम्मेदारी उसके सामने रख दी गई थी। मोहल्ले के एक बुजुर्ग अध्यापक ने लड़की को किताबें लाकर दीं और लोअर मिडिल की परीक्षा प्रायवेट देने की तैयारी शुरू कराई। लोअर के बाद अपर मिडिल, फिर सी.टी. ट्रेनिंग दिलाई जिसके आधार पर उसे प्राइमरी स्कूल की अध्यापकी मिली। जब लड़की पढ़ाने के लिए स्कूल जाने को निकलती, कितने अजनबी बूढ़े-खूसट फब्तियाँ कसते थे—देखो पतुरिया जा रही है। ऐसा समय।

माँ के साथ उस समय चार साल रहना हुआ, विवाह के बाद...क्योंकि दूसरी कोई जगह न थी।

मायके वाले कच्चे घर में भाई-भौजाई थे। पिता उसके ससुराल में रहने के दौरान गुज़र चुके थे। माँ-बेटी के रहने के लिए उनकी ही जगह छोटा मन्दिर, उसके बाहर का बरामदा और चबूतरा, एक किनारे कुआँ जिसकी आड़ में ईंटें रखकर चूल्हा बना लिया गया था, जिसमें माँ अपने और बेटी के लिए कुछ पका लेतीं। माँ ने दो-तीन घर उनकी रसोई बनाने के लिए पकड़ रखे थे जिससे गुज़ारा चलता था। नहाने-धोने के लिए कुआँ था, दिशा-फड़ाकत के

लिए पीछे फैला मैदान, जिसे खंड़हरा कहते थे। वहीं ईंटों को खड़ा करके दो टट्टियों की दीवारें-सी खड़ी कर ली गई थीं, बाहर टाट के टुकड़े डालकर उनके दरवाज़े। उस कुलिया के सभी घरों के लिए यह सार्वजनिक शौचालय था। कोई अन्दर हो और बाहर कोई हाजत के लिए आया तो अन्दर वाले को खाँस, खखार कर अपने वहाँ होने की सूचना देना होती थी।

जहाँ तक तभी से अपना घर होने की चाह उनके मन में बैठ गई थी... जिसमें अपनी अलग संडास हो...और हाँ, अब अपने इस छोटे से घर में आ जाने के बाद ठस्सा भी है। छोटे लड़के और उसकी बीबी ने एक बार उन्हें उनके घर में घुसने से रोका था जब वे रिटायर होने के बाद मालिक के साथ वहाँ कुछ दिनों के लिए रहने को पहुँची थीं। बहू तो साफ़-साफ़ बोली थी—'आप यहाँ नहीं रह सकतीं'। छोटे अपनी बीबी के पीछे दुबक गया था। उन्हें अपनी दबंगता दिखाना पड़ी थी—'अगर वह तेरा पति है, तो मेरा भी बेटा है, देखती हूँ कौन मुझे रोकता है यहाँ रहने से' और वे इन दोनों को एक तरफ़ ढकेल अन्दर घुस गई थीं।

अपने इस घर में आते ही उन्होंने छोटे और उसकी पत्नी को इसकी खबर दी, कहा कि अब वे लोग उनके यहाँ आकर जितने दिन चाहें रह जाएँ। यह वे बड़े के घर रहते हुए नहीं कह सकती थीं क्योंकि वह उनका नहीं, बड़े का घर था।

लोग कहते हैं—माता जी! आप पचासी की होने को आईं, यह उम्र थी कोई घर ख़रीदने की, कितने दिन रह सकेंगी इसमें...अकेले रहने की उम्र है क्या यह, बड़े बेटे और बहू के पास आराम से रहतीं? वे रह सकती थीं, साधिकार...बहू के व्यंग-बाण झेलते हुए...लेकिन उन्होंने अपने लिए यह रास्ता चुना—स्वतंत्र रहना, भले इस उम्र में।

अगर पाँच साल भी वे जीवित रहीं तो इन पाँच सालों में वह कर लेंगी जो जिन्दगी में कभी नहीं कर सकी थीं...कैद से छुट्टी—किसी भी तरह की, किसी की भी। पहले मालिक की कैद में थी, फिर बड़े के यहाँ। आश्रिता होना भी एक तरह की कैद है। अब वे अपने घर में हैं, अपने बल पर—जितने भी दिनों के लिए।

लोगों को, और उन्हें भी दिखता है कि उनकी खोपड़ी में बाल एक भी नहीं बचा, सफाचट्ट-चाँद है वहाँ। दो पैरों में से एक टेढ़ा हो गया है—कुछ सालों पहले बड़े ने घुटनों वाले डॉक्टर को दिखाया था। डॉक्टर बोला—माता जी, आपके घुटने बदल देता हूँ, आप सोलह साल की लड़की की तरह दौड़ने लगेंगी। उन्होंने कहा था—'आप बदल भी दो, मैं दौड़ने भी लगूँ...फिर भी सोलह वर्ष की हो तो न जाऊँगी। रहने दो। ईश्वर को जो करना है, वह करे... उन्हें जो अपने जीवन का करना है, वे वह करेंगी।'

और उनके अपने घर में आते ही, नई ज़िन्दगी चल पड़ी, नये परिचय, नये रिश्ते बनने लगे।

जिस तल पर वे हैं, उस पर छः फ़्लैट हैं, दाहिने कोने वाला सूरज का है... जो उनकी बेटी बन गई है। दिन में दस चक्कर लगा जाती है—'माँ जी आपने चाय पी, खाना खाया, आराम किया...' कभी बैठकर पंचायत करती है। बाएँ कोने पर बिन्द्रा और उनकी पत्नी—नये बेटा-बहू बन गए हैं। वे अपना कुत्ता लिए आते हैं—पेपू। कुत्तों-कउओं से उन्हें हमेशा नफरत रही, लेकिन बिन्द्रा दम्पत्ति के पेपू को कोई कुत्ता नहीं कह सकता। वे जहाँ जाते हैं पेपू को साथ ले जाते हैं, पेपू उनके बिस्तर पर पति-पत्नी के बीच ही सोता है। एक रोज़ वे किसी के घर गए तो वहाँ के लड़के को देखकर उन्होंने पेपू से कहा—'पेपू बेटे...भैया से नमस्ते करो।' लड़का भुनभुनाता हुआ बाहर निकल गया—'मुझे कुत्ता बना दिया।' उन्हें भी शुरू-शुरू में बहुत घिन होती थी, और पेपू था कि सीधे उछल कर उनके बिस्तर पर आ जाता, उनकी गोद में बैठने की कोशिश करता। कुछ बिन्द्रा दम्पत्ति ने उन्हें समझाया, कुछ पेपू का व्यवहार...धीरे-धीरे वे उसकी भाषा समझने लगीं—जानवरों में भी प्यार की प्यास होती है, वे प्यार की भाषा समझते हैं, बोल नहीं सकते तो क्या...और लो...उनके जीवन में वह शुरू हुआ जो अब तक नहीं हुआ था—जानवरों से भी रिश्ता। बिन्द्रा की बीबी को बड़े प्यार से वे बड़ी बहू कहती हैं, बड़े की बीबी को सिर्फ़ बहू, माने यह सगी बहू से भी बड़ी। बड़े की तो व्यंग्य बाण छोड़ती थी, और यह बड़ी बहू... अपने घर में कुछ नया बनाती है...तो पहले उन्हें खाने के लिए भिजवाती है।

वे दोनों पेपू के साथ दिन में कम-से-कम एक बार तो मिलने ज़रूर आते हैं। एक तीसरी जो पास की दूसरी गली में रहती है...प्रीति, हर शाम दफ़्तर से लौटते हुए उनके यहाँ होकर ही घर जाती है। उनका घर दिन भर गुलजार रहता है, यहाँ जो रिश्ते, चहल-पहल है...उसकी धुरी वे स्वयं हैं। बड़े के यहाँ बड़े और उसकी पत्नी थे, वे उनसे मिलती-जुलती थीं जो उनके लोग थे। यहाँ उनके अपने रिश्ते हैं...और ये रहने वाले हैं, जब तक वे जीवित हैं...जबकि जो रिश्ते जीवन में पहले हुए...उनके बारे में यह तब भी नहीं कहा जा सकता था कि वे रहेंगे भी?...बीच कहीं छूट गए।

महिलाओं से रिश्ते...यों तो बहुत बने, लेकिन एक ही थी जिसने उन्हें दिया, उन्हें दे सकती थी—उनकी हैडमिस्ट्रेस, मिसेज़ क्लार्क...वे मिडिल पास कर पहले स्कूल में पढ़ा रही थीं तब उस बस्ती की नुमाइश में मिसेज़ क्लार्क अपने स्कूल का पंडाल लेकर आई थीं, ये अपने स्कूल के पंडाल के साथ थीं। वहाँ मिसेज़ क्लार्क ने इन्हें देखा, बहुत प्रभावित हुई...इन्हें वहाँ से उठाकर रियासत के अपने स्कूल में ले आईं। गोरी-चिट्टी, स्मार्ट...उनकी मातहत होने में ही हर कोई गर्व महसूस करता था, फिर ये तो उनकी क़रीबी हो गईं। उनकी ही सिफ़ारिश से राजा ने उन्हें अपनी बेटी का गार्जियन बना दिया—बेटी को रज्जू-राजा कहते थे। रज्जू को जब कहीं बाहर भेजा जाता, देखरेख के लिए मिसेज़ क्लार्क की सिफ़ारिश पर उन्हें ही साथ भेजा जाता था। इसके लिए उन्हें महल की तरफ़ से अलग भत्ता दिया जाता था। रज्जू-राजा के साथ उन्होंने देश की कई प्रसिद्ध जगहें देख लीं, बस वही देख सकीं जीवन में। मिसेज़ क्लार्क की सिफ़ारिश पर ही महल ने मालिक को गाँव के एक प्राइमरी स्कूल में मास्टर लगाया था, वर्ना वह तो मन्दिर में पूजा-पाठ करने के अलावा जानता ही क्या था!

दुर्भाग्य उनका कि मिसेज़ क्लार्क विदेशी थीं। स्वतंत्रता आते ही रियासत के ख़त्म होने पर उन्हें स्कूल से हटा दिया गया। उन्हें इंग्लैंड लौट जान पड़ा; जबकि वे भारत ही रहना चाहती थीं। रियासत का वह जगमग स्कूल सरकारी हो गया, जैसे कि मालिक के गाँव का स्कूल, जहाँ इनका भी तबादला कर

दिया गया—इस तरह उन्हें फिर मालिक को सौंप दिया गया। यह न सोचा गया कि उनके दो बच्चों की पढ़ाई का क्या होगा...गाँव में तो प्राइमरी स्कूल से ऊपर का कोई स्कूल था ही नहीं।

अपना घर होने के लिए उनकी बेचैनी इतनी थी कि तब तक उन्होंने रियासत में मिसेज़ क्लार्क की मदद से अपने लिए एक पुराना घर ख़रीद लिया था, जिसके एक-एक हिस्से को उन्होंने सँवारा था, दिवाली में जिसकी दीवारों को ख़ुद पोतती थीं, गोबर से कच्चे फ़र्श को ख़ुद लीपती थीं...उससे मुँह मोड़कर एक दिन चल देना पड़ा, फिर कभी उस बस्ती में न लौटने के लिए। उस घर को बेचने के लिए जैसा कठोर हिया चाहिए, वह उनका नहीं था...तो वह काम मालिक के जिम्मे छोड़ वे चली आईं।

फिर मायका, माँ के पास...जहाँ ससुराल से निकलने के बाद पहुँची थीं। देश को स्वतंत्रता मिली, उनका बना-बनाया घर मिट गया, जैसा विभाजन के समय दूर सीमान्त प्रदेशों में कितनों के साथ हुआ था। रियासतों के साथ मिसेज़ क्लार्क को क्यों जाना पड़ा...वे अंग्रेज़ बाद में, पहले शिक्षा को समर्पित महिला थीं। स्कूल में मिसेज़ क्लार्क को रहने दिया जाता...स्कूल चमकता रहता, मिसेज़ क्लार्क से चिपटी वे भी उसी बस्ती में बनी रहतीं, अपने घर में! लेकिन सीमान्त में जैसे शरणार्थी उखड़े, वैसे बीच-देश में वे। उधर मिसेज़ क्लार्क इंग्लैंड लौटीं, इधर सरकारी नौकरी से इस्तीफ़ा देकर वे मायके आ गईं। मालिक गाँववाली मास्टरी करता रहे...उन्हें तो अपने बच्चों को पढ़ाना भी था।

सबसे पहले तो पैसे का जुगाड़ हो...उन्हें रियासत के उस अच्छे स्कूल के अनुभव और मिसेज़ क्लार्क के उम्दा सर्टीफिकेट के आधार पर एक स्थानीय प्रायवेट स्कूल में अध्यापकी फ़ौरन मिल गई और उन्होंने छोटे मन्दिर के सामने एक कमरा किराए पर ले लिया...वहाँ दो बच्चों के साथ। संडास सामूहिक....वही, पीछे का खँडहरा, नहाने-धोने के लिए भी छोटे मन्दिर के बगल वाला वही कुआँ। फिर अपना घर होने की तड़प उस सामूहिक संडास की वजह से उठी, बचपन में जिसका इस्तेमाल पता ही न चलता था...

लेकिन अब जब वे प्रौढ़, कामकाजी महिला, दो बच्चों की माँ थीं तो गड़ता था। रियासत का घर बेचने से जो रकम मिली थी, उससे एक यहाँ तत्काल ख़रीदा जा सकता था...

मालिक ने रियासत वाला घर बेचा तो ज़रूर लेकिन उसके रुपयों से ऐश करने चल पड़ा। जिस गाँव में उसकी नौकरी थी, नौकरी जो उनके रियासती सम्पर्क से उसे मिली थी, जिसे अब सरकारी मान लिया गया था...उस गाँव के पास वाले शहर में मर्दुए ने एक घर किराए पर लिया, भाड़े की एक मोटर ली और एक औरत को भगाकर ले जाने के लिए पहुँच गया। औरत उनके मायके की ही थी। उससे मेल-जोल मालिक ने तब बढ़ाया था जब वे ससुराल छोड़ यहाँ आ गए थे—वे माँ के साथ रहते हुए मिडिल के इम्तहान की तैयारी में थी और मालिक सेठ के मन्दिर में रहता था। अब मालिक का खर दिमाग़! उसने सोचा था—एक बीबी कमाकर दोनों बच्चों को पढ़ायेगी, दूसरी उसकी टहल में रहेगी, जिसे वह रियासत का मकान बेचने की रकम और अपनी तनख्वाह से रखेगा। इन्हें तो यह पता भी न चलता जो उस औरत ने ख़ुद उन्हें न बताया होता। मालिक ने उसे घेरा तो उसने झिड़क दिया, तो पट्ठा उसका हाथ पकड़कर मोटर की तरफ़ खींचकर ले जाने लगा। इस पर औरत ने हल्ला मचा दिया और मालिक डर कर भाग गया।

ऐसा फितूरी दिमाग़ मालिक का! रियासत का वह मकान उन्हीं की तनख्वाह से ख़रीदा गया था, मालिक तो तब कुछ करता ही नहीं था...लेकिन वह मालिक! आज वे सोचती हैं कि अगर उन्हें किसी सही आदमी का साथ मिला होता तो वे कहाँ से कहाँ पहुँच सकती थीं। शुरू-शुरू में उन बुजुर्ग अध्यापक ने मिडिल टीचर्स ट्रेनिंग की राह पर चला दिया तो उसके बल पर नौकरी मिली, जीवन आगे बढ़ा। वे उम्र में काफ़ी बड़े थे, रिटायर्ड, सचमुच बुजुर्ग...फिर वे भी जल्दी मिसेज़ क्लार्क और रियासत से लिपटती चली गईं। बुजुर्ग अध्यापक पीछे कहीं छूट गए...वे अपना कर्म-धर्म गिरे हुए को राह पकड़ा देने तक ही सीमित मानते थे। मिसेज़ क्लार्क का साथ भी कितने कम समय के लिए मिला। वे विदेश चली गईं और ये प्राइमरी की टीचर ही रह गईं।

फिर भी इस बार जो वे मायके लौटीं तो उनमें मिसेज़ क्लार्क के साथ से पाया आत्मविश्वास था। उन्होंने अपने बल पर प्रायवेट नौकरी हासिल की, बुजुर्ग अध्यापक के पास जाने की ज़रूरत नहीं हुई। नौकरी मिलते ही वे खंड़हरे की सामूहिक संडास से छुट्टी पाने में व्यस्त हो गईं। किराए का मजबूरी में ही, जल्दी ही अपना घर होना। वे ख़रीदेंगी, जैसा रियासत में किया था। रियासत वाला घर बेचने के पैसे काम आ सकते थे, लेकिन वे तो मालिक ने उड़ा दिये थे। वे कर्ज लेंगी।

नौकरी भी वे प्रायवेट ही करेंगी, जो घर ख़रीदें, उसे छोड़कर कहीं जाना न पड़े। स्कूल से कर्ज मिल गया। उन्होंने रुक्का भर दिया—कर्ज चुकने तक स्कूल नहीं छोड़ेंगी, ख़रीदा मकान स्कूल के पास गिरवी रहेगा, तनख्वाह से मासिक किश्त कटती रहेगी। घर की खातिर उन्होंने ख़ुद को बाँध दिया।

अधिकांश क्या, पूरा जीवन ही उसी स्कूल और घर में बीता। कट गया... यों कि मालिक सरकारी नौकरी में इस गाँव उस गाँव होता रहा, सिर्फ़ छुट्टियों में आता था...तो उसके लिए मकान का पिछवाड़ा। उसी घर में रहकर उन्होंने दोनों लड़कों को पढ़ाया-लिखाया...घर-घर ट्यूशन कर, उन्हें सैटिल किया, उनके विवाह कराये। वे अपनी पत्नियों के साथ अपनी-अपनी नौकरियों के शहर चले गए, वे उसी घर में अकेली रहती रहीं...

लेकिन जब मालिक रिटायर होकर उनके साथ स्थायी रूप से रहने को आ गया (और कहाँ जाता) तो पुरानी तकलीफ़ें फिर शुरू हो गईं। फिर भी ख़ुद रिटायर होने तक उन्होंने जैसे-तैसे खींचा। सुबह दो जन के लिए दोनों जून का खाना बनाकर स्कूल, स्कूल से लौटकर थोड़ी देर के लिए घर... खाना और फिर ट्यूशन पर निकल जाना। दिनभर बाहर रहती थीं, रात खाने और सोने के लिए ही घर...वहाँ भी पीछे का हिस्सा मालिक के लिए, आगे का उनका। उनकी तरफ़ बाहर निकलने का दरवाज़ा और सड़क थे...मालिक मारा-पीटी करने चले तो निकल भागने का रास्ता। मालिक वाले हिस्से— पिछवाड़ा के लिए अलग एक उधर से ही दरवाज़ा था। इस तरह साफ़-सुथरा बँटवारा था। मालिक चूं-चपड़ करता तो वे सुना देतीं...'घर मेरा है, मेरा ख़रीदा,

एक पैसा लगाया क्या तूने, अहसान मान कि तुझे रहने देती हूँ।'...रोज सुबह वाक्युद्ध चलता—जैसे बौर्डर पर हिन्दुस्तान-पाकिस्तान की फायरिंग। इधर से वे, उधर से मालिक। क़रीब-क़रीब पूरी ज़िन्दगी उस बस्ती में बिताने, संघर्ष करते हुए बच्चों को अच्छी जगह सैटिल कराने से वहाँ उनका नाम हो गया था। कभी मालिक की गाली-गलौज से दुःखी होकर वे सक्सेना डाक्टरनी के पास जा बैठतीं, उन्हें मालिक के कारनामे बतातीं। कितनी बार सक्सेना डाक्टरनी ने कहा—वे तलाक दिला सकती हैं। इसके लिए वे ही कभी तैयार नहीं हुईं—क्या इस उम्र में फजीहत, बच्चे बड़े हो गए, बच्चों के भी बच्चे हैं... और मालिक...वह क्या तलाक के फ़ैसले से बँधेगा? वे अपने घर में रहेंगी तो यहाँ से निकलेगा ही नहीं। कहीं और हों तो वहाँ से मारता-पीटता यहाँ ले आएगा, जैसे मिसेज़ क्लार्क के घर से लाया था। तलाक के फ़ैसले सभ्य लोगों के लिए होते हैं, जो कैसी भी नग्यांय पर उतारू हो, उस पर नहीं चल पाते।

जब वे ख़ुद रिटायर हो गईं तो बाहर कितना रहा जा सकता था। जिस आदमी के साथ आजीवन रहने के लिए पीपल के पेड़ तले बाँध दिया गया था, उसके साथ अपनी नौकरी रहने तक किसी-किसी तरह निभाया... हिन्दुस्तान-पाकिस्तान कर-करके, लेकिन अब जब वे भी अधिक समय घर में रहने को मजबूर थीं तो उन्होंने बड़े से साफ़-साफ़ कहा—'मैं अकेली तो रह सकती हूँ, लेकिन तुम्हारे बाप के साथ रहना, घर-बाहर दोनों सँभालना... मुझसे नहीं होता, अब मेरी भी उम्र हो गई।'

बड़े ने दोनों को अपने यहाँ बुला लिया। वहाँ बेटा-बहू की आड़ तो थी कम-से-कम, मालिक मारा-पीटी, ज़बरदस्ती तो नहीं कर सकता था। आख़िर मायके वाली बस्ती का अपना घर भी बेचना पड़ा। इस बार उन्होंने रियासत का घर बेचने वाली गलती नहीं की। मालिक को बेटे के घर में ही छोड़, सिर्फ़ बड़े को साथ लेकर ख़ुद बेचने गईं। जिस दिन घर का सामान बाँधा जा रहा था, उनका रोना नहीं थम रहा था...यह घर भी छूट गया, जिसने क़रीब-क़रीब पूरा जीवन उनका साथ दिया...उनकी शरणस्थली रहा। उनकी साथिनें दिनभर आती रहीं। सक्सेना डाक्टरनी काफ़ी देर बैठीं, उनसे लिपटकर वे ख़ूब रोयीं।

उनकी असली विदाई तो यह थी, मायके वाली बस्ती से ही। विवाह वाली विदाई का तो उन्हें पता ही न चला था, हुई ही कहाँ थी।

अब अन्त में यहाँ, यह छोटा-सा घर, अजनबी बस्ती में जिसका नाम तो सुना था लेकिन कभी सोच नहीं सकी थीं कि कभी यहाँ आकर रहना होगा। उन्होंने ऐसा बना लिया है कि यहाँ न अपने काम करना अखरे, न अकेलापन सताये। ख़ुद को सँभालकर रखती हैं कि आगे किसी पर बोझ न बनना पड़े। बिस्तर पर लेटे हुए उँगलियाँ चिकनी खोपड़ी पर फिरती होती हैं, अक्सरान वे बीते समय में लौट जाती हैं...इसी बस्ती आकर मालिक का देहान्त हुआ, बड़े के घर में। अर्थी उठ रही थी तो उन्होंने हाथ की चूड़ियाँ फोड़कर फेंक दी थी अर्थी पर...तिरस्कार में। जो सक्सेना डाक्टरनी नहीं करा सकीं, वह आख़िर प्रकृति ने किया, लेकिन कब? पूरा जीवन होम हो चुकने के बाद...कैसे-कैसे संघर्ष, कुछ जानलेवा भी, कुछ नहीं निकला। आदमी की ज़िन्दगी आख़िर में जाकर यों फुस्स निकल आती है। तेरह वर्ष की उम्र से पचासी वर्ष तक... बहत्तर साल। इतने लम्बे समय में उन्होंने क्या किया तो तीन चीज़ों पर ही उँगली ठहरती है—एक, उन्होंने लड़के की तरह अपनी माँ की देखभाल की। भाई तो निकम्मा था, माँ के घर से ही माँ को निकाल दिया था। माँ इधर-उधर महाराजिन का काम करते हुए कुएँ के आसपास ही जीवन भर रहीं, मालिक के डर से उनके साथ भी नहीं रह सकती थी। वे पैसे बचा-बचाकर अपनी बेटी के पास जमा करती रहीं—'मेरा मरग अच्छी तरह से कर दियो', जो उन्होंने किया, माँ की इच्छानुसार उन्हीं के पैसों से। ख़ुद नहीं जा सकीं लेकिन बड़े को भेजकर माँ के फूल संगम में प्रवाहित कराये, उन्हें पार उतारा, एक तरह से। नम्बर-दो—पुरानी पीढ़ी के लिए वह किया तो आगे की पीढ़ी... अपने दोनों लड़कों का ठीक-ठाक जमा दिया समय से। नम्बर-तीन—अपने लिए यह छोटा-सा घर—पहले रियासत, फिर मायके में घर बनाने, फिर बेचने को मजबूर होने के बाद भी, उम्र के आख़िरी छोर पर—अपनी कमाई के पैसों से! माँ ने अपने पैसों से अपना मरग सँभाला था, तो बेटी ने मरग का नहीं जीने का सोचा। मरने के बाद क्या कौन करता है...जिसका जैसा जमीर!

अपना घर होने की जिद...कैसे शुरू से आख़िर तक चलती आई...शायद इसलिए कि शरणस्थली जो वह है, वह तो है ही। वह है तो लगता है हम जीवित हैं। अपना घर...आर-पार फैले पृथ्वी के विस्तार में एक घेरा, चाहे जितना छोटा...वह चाहिए। यही घेरा बनाने में मनुष्य आजीवन लगा रहता है... आदमी, औरतों, बच्चों के इर्द-गिर्द बिठाकर घेरा ही तो बनाने की कोशिश करता है। कौन लोग, किसका साथ, वे कैसे...यह हमारे हाथ में नहीं होता, लेकिन घर तो है। यहाँ भीतर साफ़ हवा है, खिड़की के पार बाहर खुला आसमान। वे पूरी तरह स्वतंत्र हैं, जो जीवन में कभी नहीं हो पाईं। यहाँ आजीवन रह सकती है...लेकिन यह मिला कब...जब जीने के वर्ष ही नहीं बचे, शक्तियाँ क्षीण हो गईं, शरीर को ही खचोरना पड़ता है।

उन्हें सन्तोष है कि उनके इर्दगिर्द चहल-पहल है, उनका ख़याल रखने वाले हैं, बराबर आते रहते हैं...लेकिन लोगों के बाहर होते ही, घर के भीतर खालीपन उतरा आता है। तब लगता है यह घर नहीं ईंट-पत्थरों का एक घेरा भर है, जो उन्होंने अपने चारों तरफ़ खींचकर बिठा लिया। जीवन-भर वे घेरे को ही घर समझती रहीं और उसी के पीछे लगी रहीं। घर तो है सूरज का, बिन्द्रा का, जो उनके बहुत बाद के हैं। कोई घेरा घर तभी है जब घर के भीतर प्रेम भी हो, जिसके लिए घेरे में आदमी चाहिए। आदमी की जगह उन्हें मिला मालिक। प्रेम उनकी पहचान में ही नहीं आया। वह तो जब सूरज और बिन्द्रा को क़रीब से देखा...उनका प्रेम उनके अपने घर के बाहर भी फैलता है, पचासी साल की बुढ़िया तक आता है, पेपू को बेटा बना लेता है...

1950...श्याम होता तो...

धारोष्ण दूध जैसा...वह प्रेम।

गाय से सीधा पात्र में, पात्र के दूध पर गिरकर झाग की हल्की-हल्की बुन्दकियाँ उठती हुईं। पात्र को जमीन पर नहीं रखना, मुँह से लगाकर गट-गट पी जाना।

हाँ यही था वह...दोनों का पहला प्यार। वे बारहवें दर्जे में थे, लेकिन स्कूल अलग-अलग। शिखा लड़कियों के स्कूल और श्याम लड़कों के स्कूल में। शाम को घर में साथ-साथ पढ़ते थे...परिवारों का इन्तजाम दो बच्चों के लिए। श्याम का परिवार हाल ही पास की छोटी बस्ती से आया था, थोड़ा गरीब। शिखा यहाँ पहले से ही थी, अधिक सम्पन्न...लेकिन यह फ़र्क़ उन दोनों के जेहन में नहीं उतरा था। श्याम को क्या-कुछ देने की इच्छा शिखा के मन में उठती रहती। उसे जरा भी आभास हुआ कि श्याम को चिकने काग़ज़ वाली कापी पसन्द आई है तो उसने झट अपनी कापियों में से एक कोरी कापी उसे दे दी। श्याम ने उसके पैन की तारीफ़ की तो वह दे डाला, अपने लिए दूसरा मँगा लेगी। बस्ती में तब बिजली नहीं थी, अपने घर में श्याम लालटेन से पढ़ता था...तो अपनी माँ से कहकर शिखा ने श्याम के लिए लैम्प मँगवा दिया। कभी-कभी परिवार के दूसरों सदस्यों के साथ दोनों को नदी नहाने जाने को मिल जाता। वहाँ पानी में छींटेबाजी का खेल...पानी को उलीच-उलीच दूसरे की आँखों में भरकर उन्हें लाल कर देना। रास्ते में किसी छोटे बच्चे को अपनी गोद से दूसरे की गोद में उतारते हुए एक-दूसरे की आँखों में भी उतर जाना,

एक-दूसरे को इधर-उधर से छू लेने का ही सुख। एक बार पहाड़ के ऊपर पुराने छोटे-से मन्दिर की पूजा में सबके साथ इन्हें भी जाने को मिल गया। शिखा ने एक कोने में ले जाकर श्याम को अपने हाथ से प्रसाद खिलाया... पंजीरी पंचामृत में सनी हुई। बाद में प्रसाद चिपकी हुई उँगलियों को उसकी तरफ़ बढ़ा दिया...'चाटो'। श्याम एक-एक उँगली को पूरी की पूरी मुँह में भरकर चूसता चला गया। कार्यक्रम के बाद जब औरतें एक-दूसरे से गप्पबाजी में व्यस्त थीं, गोदा मौसी में एकाएक कुरेद उठी कि ऊपर चोटी तक होकर आते हैं। दूसरी औरतों के मुकाबले वे कमउम्र थीं, शिखा-श्याम से फिर भी काफ़ी बड़ी। औरतों को ऊपर जाने के श्रम के आगे, वहीं पसरकर गपियाने में सुख ज़्यादा था। कोई नहीं उठा तो गोदा मौसी ने श्याम और शिखा को साथ लिया और चोटी की तरफ़ चल दीं...एक चट्टान से दूसरी चट्टान, फिर कोई सँकरी-सी पगडंडी, पार फिर चट्टानों का सिलसिला। कुछ दूर चलने के बाद वे एक पेड़ की छाया में बैठ गईं...'जाओ, तुम दोनों हो आओ, मैं तो थक गई भाई'। शिखा-श्याम उचकते-कूदते आगे चले गए, गोदा मौसी पीछे छूट गईं, कुछ पलों में अदृश्य। चोटी की एक चौड़ी चट्टान के नीचे श्याम अटका हुआ था, शिखा चट्टान पर पहुँच गई थी। उसने श्याम का हाथ पकड़ा और उसे ऊपर खींच लिया...

कि क्या...कैसे हुआ...चौड़ी चट्टान पर शिखा बिछी हुई थी और श्याम... जैसे ऊपर से फूल नीचे फैली पत्ती पर आ टपके। पर्वत की चोटी पर, खुले आकाश के नीचे...जैसे प्रकृति ने ही अपने प्रांगण की सेज बना दी थी, दो जीवों की प्रेम से पहचान कराने के लिए।

शिखा की आँखें मुँद गई थीं। दोनों के अलग-अलग अस्तित्व एक-दूसरे में घुल गए, फिर वह घुलमिल भी हवा में घुल गई।

'चलो...' भास जब हल्के से उठा तो शिखा के मुँह से निकला जिसका स्वर उल्टा था—'चलो नहीं, यों ही रहो'। वह या कि श्याम—या कि दोनों कहाँ, किस तरह थे—यह अहसास तब भी नहीं जागा...सिर्फ़ हल्की सुगन्ध थी, किसी दिव्य अनुभूति की।

वे उतरे। मौसी उसी पेड़ के नीचे बैठी मिलीं...शायद उन दोनों के माध्यम से अपने प्रेम की जुगाली कर रही थीं।

बचपन के उस प्यार को प्रकृति ने विस्तार दिया...जिससे प्रेम की पहचान थोड़ी गाढ़ी हो सके। शिखा और श्याम एक ही यूनिवर्सिटी में पढ़ने पहुँचे। यहाँ भी शिखा लड़कियों के हॉस्टल में, श्याम लड़कों के...जैसे अलग-अलग अपने कस्बे के स्कूलों में थे। छुट्टियों में अक्सर साथ आते-जाते। रेल के डिब्बे में, बगल में बैठे श्याम की गर्दन में सिर रख निंदास का दिखावा करते हुए शिखा उस सुगन्ध का सुख लेती जो पहाड़ पर मिली थी। देने, देते रहने का सुख यहाँ भी लेती रहती...कभी श्याम के लिए स्वेटर बुन रही है, कभी अपनी जैसी रजाई उसके लिए बनवा रही है। हफ्ते में एक दिन ज़रूर श्याम उससे मिलने शिखा के हॉस्टल जाता...हॉस्टल के मीटिंग टाइम में। कभी वे रिक्शे में शिखा की चचेरी बहन सुमन जिया के यहाँ चले जाते, कभी साथ नदी की तरफ़...

वे एम.ए. में पहुँचे ही थे कि पुरुष-समाज जागा—शिखा की तो विवाह वाली उम्र आ गई, ये यूनिवर्सिटी में पढ़ना-लिखना तो विवाह होने तक का वक़्त काटना था, उसे कोई नौकरी-वौकरी थोड़े ही करना है कि पढ़ाई पूरी होने तक रुका रहा जाए। शिखा के पिता, चाचा, दो भाई...जाति-बिरादरी में उपयुक्त वर खोजने दौड़ पड़े। उन दिनों विवाह जाति में ही होते थे, ख़ासकर उनके जैसे मध्य वर्ग में। अभी तक सिनेमा से उठती प्रेम विवाह की लहर समाज में जज़्ब नहीं हो सकी थी। शिखा-श्याम की जातियाँ फ़र्क़ थीं...ब्याह के बारे में वे ही ख़ुद कभी नहीं सोच सकते थे। पहले साथ पढ़ने की छूट जो शिखा के परिवार ने दी थी, तो श्याम के परिवार की मदद करने के ख़याल से, यूनिवर्सिटी में साथ आने-जाने की छूट श्याम के परिवार में विश्वास के आधार पर। शिखा अपने परिवार से श्याम के लिए लैम्प जैसी चीज़ें देने को तो कह सकती थी, लेकिन उसे नहीं माँग सकती थी। विवाह के मसले पर श्याम क्या, किसी के लिए वह मुँह नहीं खोल सकती थी। लड़कियों की परवरिश शुरू से ही ऐसी की जाती थी कि उनके व्यक्तित्व में वह हिम्मत ही न आ सके। सारी पढ़ाई-लिखाई के बावजूद उन्हें वहीं जाना था, जहाँ पिता-भाई उसे भेजें।

वे ही तय करेंगे, जो उसके लिए उपयुक्त होगा और वही शिखा की पसन्द होना होगी। श्याम भी कहाँ कुछ कह सकता था। वह लड़की तो नहीं था, फिर भी परिवार की आर्थिक विपन्नता की वजह से दबा-दबा था। शिखा ख़ुद उससे यह उम्मीद नहीं करती थी, और उसे उकसाने की अपने में हिम्मत नहीं बटोर पाती थी। वह समय, उस वक़्त का समाज...शिखा अपने होने वाले पति को देखे, उससे मिले, मिलकर स्वीकृति दे...ऐसी बातें भी तब नहीं उठती थीं। शिखा को तो नहीं, लेकिन होने वाले पति—शमशेर—को यह छूट मिली कि वह यूनिवर्सिटी जाकर शिखा से मिल सकता है, उसके बाद अपनी स्वीकृति दे सकता है, शिखा को माँ के मार्फत यह हिदायत पहुँची कि वह शमशेर से अच्छे से मिले। शिखा ने देखा कि शमशेर के सिर पर बाल कम थे, चश्मे के पार आँखें चौकन्नी थीं। अक्लमन्द होने का उसे गर्व था, लेक्चरर होने का अतिरिक्त आत्मविश्वास भी; जबकि शिखा फिलवक्त विद्यार्थी ही थी। श्याम के यहाँ उम्र की ताजगी थी...उसकी जगह शमशेर में प्रौढ़ता थी, जो उसे उसकी उम्र से ज़्यादा दिखाती थी...लेकिन ये बातें शिखा किससे कहती। माँ से सिर्फ़ यह कह पाई कि शमशेर सिगरिट पीता है! वे हँसकर रह गईं। तय कर दिया गया। शिखा से मिलने के बाद शमशेर बेचैन...लड़की का स्वाद पहली बार चखा था...जिस पर अब वह अपना अधिकार भी महसूस करता था। अन्दर-अन्दर चिन्ता यह भी कि शिखा जितने दिन यूनिवर्सिटी में रहेगी... कितनों से मिलेगी, किस-किसके साथ उठेगी-बैठेगी...जबकि वह उसकी होने जा रही है तो उसे दूसरों से दूर, अछूता ही रहना चाहिए, सिर्फ़ उसके लिए। शमशेर ने अपने एक क़रीबी को शिखा के शहर भेजकर श्याम के बारे में जानकारी भी हासिल कर ली थी। उसने शिखा के परिवार को कहला भेजा—विवाह जल्द होना चाहिए। शिखा एम.ए. कर लेना चाहती थी, उसके बाद ही शादी हो। उसकी बात नहीं मानी गई...हाँ, एम.ए. पार्ट-1 के इम्तहान तक रुका जा सकता है। तीन महीनों की ही बात है। इस बीच शमशेर माह में कभी-कभी तीन बार शिखा की यूनिवर्सिटी वाले शहर आता। हर बार शिखा को उसके साथ घूमने भी जाना होता। वह किसी-किसी तरह उसे बर्दाश्त करती।

उसका एक हफ्ता बर्बाद हो जाता। वह परिवार से शिकायत भी करती—'उसकी पढ़ाई में खलल पड़ रहा है।' परिवार वाले हँस देते। शिखा इम्तहान तक किसी तरह खींच ले गई, लेकिन ग़ुस्से में वह इम्तहान में नहीं बैठी, ड्रॉप कर गई। परिवार वालों को बता दिया कि शमशेर जी की वजह से उसकी तैयारी नहीं हो पाई। परिवार में सब फिर हँस कर रह गए!

गर्मी की छुट्टियों में उसकी शादी हो गई। ससुराल में सिर्फ़ सास... बूढ़ी। शमशेर के पिता के संन्यासी हो जाने के बाद खफ्ती भी हो गई थीं। उन्हें अपने से ही फुर्सत न मिलती...घर में होते हुए वहाँ भी क़रीब-क़रीब नामौजूद। शिखा ने शमशेर से अपनी यूनिवर्सिटी में अधूरी छूटी पढ़ाई पूरा करने की इच्छा जाहिर की।

"विवाहिता विद्यार्थी! सब हँसेगे। तुम्हारी साथिनें एम.ए. पार्ट-2 में होंगी, और तुम पार्ट-1 में!"

"मेरी वह सब चिन्ता नहीं है। मुझे पढ़ना है।"

"पढ़ तो लिया है इतना...जितना घर-गृहस्थी चलाने के लिए ज़रूरी होता है।"

"मैं एम.ए. करना चाहती हूँ।"

"बेकार। नौकरी करना नहीं। मैं कमा ही रहा हूँ। तुम्हें नौकरी के थपेड़े खाने की क्या ज़रूरत!"

"शिक्षा सिर्फ़ नौकरी के लिए ही तो नहीं होती।"

"मैं समझ सकता हूँ। उसके लिए यहाँ इन्तजाम हो जाएगा। मेरे एक दूर के रिश्तेदार हैं—राधे भाईसाहब। उनका खासा-बड़ा पुस्तकालय है। शाम को वहाँ चली जाया करो। एम.ए. करना ही है तो वे प्रायवेट करवा देंगे। तुम्हारा विषय संस्कृत था, इत्तिफाक से भाईसाहब भी संस्कृत के शिक्षक हैं, उनसे तुम्हें कोचिंग भी मिल जाएगी।

शमशेर ख़ुश था जिस चतुराई से उसने शिखा के लिए रास्ता निकाल दिया। शिखा की यूनिवर्सिटी छूट गई, मन मारकर वह भाईसाहब के पुस्तकालय जाने लगी। उसने ख़ुद को मानसिक रूप से तैयार किया। जीवन शमशेर के साथ

ही कटना है...वह घर बनाने की पूरी कोशिश करेगी। उसका अपना परिवार निरामिष था, लेकिन शमशेर ने शिखा को अंडा...यहाँ तक कि कबाब बनाना सिखाया। शिखा ने जब पहली बार मांस को हाथ से छुआ...तो रुलाई सँभाल नहीं पाई...रोती चली गई थी। पास खड़ा शमशेर उसके पिछड़ेपन का मजाक उड़ाता रहा। शमशेर ने अपनी ज़िद फिर भी नहीं छोड़ी। उस दिन उसने ख़ुद मीठे-मीठे ढंग से कबाब बनाकर शिखा को दिखाया/सिखाया, फिर हफ्ते में एक दिन तो ज़रूर वह कुटा हुआ मांस लाकर शिखा के सामने रख देता। शिखा को डर था कि कल के दिन वह मांस कूटने के लिए भी कह सकता था... लेकिन शमशेर ने यह नहीं किया, इतनी कृपा की...वह भी शायद इसलिए कि बाहर के कुटे हुए मांस के कबाब बेहतर बनते थे। धीरे-धीरे शिखा ने कबाब बनाने की आदत डाल ली...उस आदमी की खातिर। ख़ुद ज़रूर कभी नहीं खाया...शमशेर को इस बात का श्रेय जाता है कि उसने वह जिद नहीं पकड़ी, कर सकता था। और तब शिखा खाने भी लगती!

शिखा के ससुराल की आर्थिक स्थिति उसके मायके से उन्नीस ही थी। सिर्फ़ पति की तनख्वाह। तो उसने सोचा वह एम.ए. प्रायवेट ही सही, कर ले, उसके बाद नौकरी करके घर की आर्थिक स्थिति बेहतर करेगी। उसने राधे भाईसाहब के पुस्तकालय को ही यूनिवर्सिटी मान लिया, उनकी गाइडैंस में एम.ए. की तैयारी गम्भीरता से करने लगी।

राधे भाईसाहब पर संस्कृत-शिक्षा की छाप थी...सन्तोषी जीवन, जो भी काम सामने है उसमें लगे रहना, दूसरों की मदद करना। वे शिखा की स्थिति को समझते थे, शमशेर के स्वभाव को जानते थे। शिखा को उनसे आत्मीयता मिलने लगी। श्याम के दूर हो जाने से जो शून्य-सा उसके जीवन में उतर आया था...वह थोड़ा-कुछ भरने लगा। राधे भाईसाहब स्थानीय संस्कृत विद्यालय में शिक्षक थे, विद्यालय के बाद का समय रात नौ बजे तक पुस्तकालय को देते। शिखा भी घर का काम निपटा कर शाम को पुस्तकालय पहुँच जाती और भाईसाहब के रहने तक वहीं रहती। उनके घर आना-जाना कभी नहीं हुआ, उनके पारिवारिक जीवन के बारे में बहुत कुछ सुनने को नहीं मिला,

जानने की शिखा ने कोशिश भी नहीं की। राधे भाईसाहब के इर्द-गिर्द सब कुछ शान्त और स्थिर था। उनका घर भी वैसा ही होगा, और था भी। पत्नी गृहस्थिन और एक लड़का दस-बारह साल का, मोहल्ले के ही एक स्कूल में पढ़ रहा था। भाईसाहब उम्र में शिखा-शमशेर से बड़े थे...व्यक्तित्व में प्रौढ़ता की छाप, लेकिन संस्कृत का विद्यार्थी होने के कारण वे सौन्दर्य, शृंगार, प्रेम को भी महत्त्व देते थे, जिससे उत्साहित होकर शिखा ने एक दिन उन्हें श्याम के बारे में बता डाला। भाईसाहब ने तब इतना ही कहा था...'श्याम से मिलकर उन्हें अच्छा लगेगा।' भाईसाहब का सान्निध्य शिखा को स्नेहिल स्पर्श-सा लगता। वह उनके सन्तुलन को अपने जीवन में लाने की सीख ले रही थी, यह समझ रही थी कि श्याम उसका अतीत था—चाहे जितना सुन्दर...जबकि शमशेर उसका वर्तमान और भविष्य दोनों था। वह कोशिश करती कि नये जीवन में कहीं से भी कर्कशता न आए। इसके लिए शमशेर का हर कहना मानती। उनका वैवाहिक जीवन सुखी हो—इसके लिए पूरा सहयोग करती थी...फिर भी सूखापन तो था...एक खालीपन जिसे जीवन भर की उसकी तमाम कोशिशें नहीं भर पाईं।

श्याम एक बार शिखा से मिलने उसकी ससुराल आया। वह सुमन जिया के यहाँ भी जाना चाहता था, जिनके पति इस बीच ट्रांसफर पर इसी शहर आ गए थे। श्याम को उनका पता मालूम नहीं था। शिखा का भी मन था कि श्याम के साथ सुमन जिया के घर जाए जैसे वे यूनिवर्सिटी वाले शहर में जाया-आया करते थे। उसने पति से इजाज़त माँगी। शमशेर ने सख्ती से मना कर दिया। शिखा का पहले के दोस्तों से अलग से मिलना-जुलना कतई नहीं। वे लोग उनके घर आ सकते हैं, तब जब शमशेर घर में हो। जितनी देर श्याम बैठा, शमशेर जानबूझकर शिखा से अपने सिर की तेल-मालिश कराता रहा।

श्याम दो दिन और उनके शहर में रहेगा, किस होटल में ठहरा था—यह उसने चलते-चलते, लेकिन इस तरह बताया कि शिखा सुन ले। शिखा तब यह नहीं सोच सकी थी कि उसके अलावा शमशेर भी यह नोट कर रहा था। दूसरे दिन जब शमशेर कॉलेज गया, शिखा ने बाहर निकल श्याम से होटल के नम्बर

पर बात की और शाम उससे होटल के रेस्तोरा में मिलने का तय कर लिया। अकेले जाने की हिम्मत नहीं हुई...कल ही शमशेर ने उसे श्याम के साथ सुमन जिया के यहाँ जाने की इजाज़त नहीं दी थी। भाईसाहब को साथ ले लिया जाए, वे शमशेर के परिवार की तरफ़ के ही थे। श्याम से मिलने की इच्छा भी थी उनकी। तीनों ने रेस्तोरा में खाना खाया।

शिखा यह कल्पना नहीं कर सकी थी कि शमशेर खुफियागिरी करके यह पता कर लेगा। उसने सोचा था कि रोज की तरह वह समय से घर पहुँच जाएगी, शमशेर यही समझेगा कि पुस्तकालय से आ रही है। पता करके भी शमशेर उस बात को पी गया। सालों बाद जब वे ससुराल वाला शहर छोड़ चुके थे तब बातों-बातों में शमशेर के मुँह से यह निकला। तब शिखा ने अन्दाज़ा लगाया कि शमशेर के दिल में भाईसाहब को लेकर शक का बीजारोपण रेस्तोरा में तीनों को साथ खाना खाते देखते ही हो गया था। उसे श्याम से उतना नहीं (वह तो दूसरे शहर में था, कितनी बार आएगा!) भाईसाहब से खतरा ज़्यादा था जो उसी शहर में थे, शिखा से जिनका रोज़ का मिलना था...श्याम से मिलाकर उन्होंने शिखा के मन में अपने लिए जगह बना ली है...और शिखा...उस पर विश्वास कभी नहीं किया जा सकता, उसकी प्रेमाकुलता श्याम पर ख़त्म नहीं होगी, अब भाईसाहब की तरफ़ दौड़ेगी...तो शमशेर ने तय कर लिया कि शिखा को राधे भाईसाहब से भी जल्द से जल्द दूर करना है। सीधे-सीधे वह शिखा को भाईसाहब के यहाँ जाने से मना नहीं कर सकता था क्योंकि एम.ए. प्रायवेट करने, उसके लिए भाईसाहब के यहाँ जाने की पेशकश उसी से हुई थी। फिलवक्त वह अपने शहर के प्रायवेट कॉलेज में ही था, यहाँ आराम भी था क्योंकि वे अपने पुश्तैनी मकान में रह रहे थे। फिर भी उसने जल्दी ही जोड़-तोड़ लगाकर असम के एक कॉलेज में नियुक्ति हासिल कर ली, शिखा को समझाया कि वहाँ की यूनिवर्सिटी में असम के कॉलेजों में काम कर रहे प्राध्यापकों को प्राथमिकता दी जाती है। इस तरह वह यूनिवर्सिटी में असिस्टेंट प्रोफ़ेसर हो जाएगा, शिखा को भी यूनिवर्सिटी मिल जाएगी, वह वहाँ से एम.ए. कर लेगी...लेकिन हुआ क्या!

असम पहुँचकर शमशेर मीठे-मीठे ढंग से शिखा पर बोझ डालता चला गया और धीरे-धीरे उसे पढ़ाई से काटकर रख दिया। वह गर्भवती हो गई तो वहाँ की यूनिवर्सिटी में दाखिले की बात सपना ही रह गई। उन्हीं दिनों सास की मृत्यु हो गई, वैसे भी उनका कोई सहारा कभी नहीं रहा था। बच्चे की परवरिश की सारी ज़िम्मेदारियाँ शिखा पर आती चली गईं। अपनी सीमित तनख्वाह और बढ़े खर्च—घर का किराया और बच्चे की वजह से—का हवाला देकर शमशेर ने घर में झाड़ू-पोंछा-बर्तन की बाई के अलावा एक भी नौकर नहीं रखा। अपने, बच्चे और शमशेर के भी सारे कपड़े शिखा ही धोती, रसोई का सारा काम था ही। वह गृहस्थिन क्या मजदूरिन बन गई।

असम में ज़िन्दगी तेज़ी से दौड़ी...शमशेर और बच्चे के पीछे-पीछे शिखा भी दौड़ती हुई। शमशेर ने दौड़-धूप, मेल-मिलाप, जोड़-जुगाड़ कर यूनिवर्सिटी में नियुक्ति भी हथिया ली। उसे स्टेट्स मिल गया जिसका वह भूखा था। शिखा ने अपनी सारी आकांक्षाओं को पति की टोकरी में फेंक ख़ुद को अपने बच्चे मोहन में डाल दिया और उसके साथ अपना बचपन जीने लगी...

कैसे नवजात शिशु बाहर की दुनिया जहाँ वह आया है, उसे टोहता, टटोलता है। सुगन्ध से ही माँ को चीन्हने लगना। स्तनपान कराते हुए उसकी और बेटे की मिली-जुली सुगन्ध उठती...जैसे पहाड़ पर शिखा और श्याम की। वह सपने में खो जाती...अगर शमशेर की जगह श्याम होता...और मोहन उनका बच्चा होता! सपने से जागती तो ख़ुद को गली में एक पत्ते को देखते पाती... जिसे हवा बुहार कर दूर ले जा रही है। तब ख़ुद को समझाती—बच्चा बच्चा होता है...एक पृथक् जीव, कहाँ से...किसका...इन बातों का क्या...शिखा को देखते ही कैसे खिल उठता है...माने अगर शिखा है तो पृथ्वी में सब कुछ है। कभी बच्चे की आँखें किसी एक जगह टिककर रह जातीं...चेहरा गम्भीर हो जाता, थोड़ा सहमा हुआ भी...अरे! यहाँ यह भी है, है तो क्या है? और जैसे ही शिखा बच्चे पर झुकी वह आश्वस्त हो जाता—नई चीज़ वह कुछ भी हो, शिखा है तो अच्छी ही होगी।

अब वह माँ को पहचानने लगा है...कि अगर कोई दूसरी स्त्री गोद ले ले तो रोता है, माँ के पास जाना चाहता है, या ले ले तो सिसकियों के बीच चुप हो जाता है। उनका एक कोना बन गया है...जैसे श्याम और शिखा का बना था, सीढ़ी-दर-सीढ़ी...

मोहन का स्कूल जाना शुरू हुआ तो जैसे शिखा की अपनी पढ़ाई फिर से शुरू हुई। वह मेधावी नहीं थी...तो मोहन होगा, जैसे श्याम था। शिखा की पढ़ाई पूरी न हो सकी तो मोहन की होगी...मोहन उसका विस्तार। शमशेर ने मोहन का स्कूल में दाखिला कराकर हाथ झाड़ लिए...शिखा सँभालेगी... इतनी पढ़ी-लिखी वह है...और सचमुच जहाँ तक बना, मोहन की पढ़ाई में शिखा उसके साथ बैठती रही...जैसे कभी श्याम के साथ बैठती थी, फिर वह मुकाम आया जहाँ शिखा की अपनी पढ़ाई मोहन के लिए नाकाफ़ी थी। मोहन को ट्यूटर चाहिए था...

शमशेर ने मना कर दिया—

"मैं भी स्कूल-कॉलेज में पढ़ा हूँ। मुझे तो कभी ट्यूटर की ज़रूरत नहीं पड़ी। फिर तुम देख ही रही हो।"

"ये विषय—मैथ्स, साइंस मेरे नहीं रहे। आज की पढ़ाई भी नये ढंग की है।"

"स्कूल में पढ़ाते ही हैं, मोहन टीचर के साथ उनके खाली समय में बैठकर सीखे-समझे, जैसे मैं करता था।"

"आपका समय नहीं है यह। टीचर्स को कहाँ फुर्सत! वे स्कूल में ढंग से पढ़ाने लगें तो उनकी ट्यूशन से जो अतिरिक्त कमाई होती है...उसका क्या होगा!"

"मोहन अपने दोस्तों के साथ बैठे-पढ़े।"

शिखा को फिर श्याम याद आया...उसके ही क्लास का, कैसे नोट्स बना-बना कर उसे देता था, नोट्स में कुछ समझ में न आए तो उसे ऐसे समझाता था कि उनकी आत्मीयता भी बढ़ती चली जाती थी। ऐसा कुछ मोहन के लिए हो सके... तो वह उसे बढ़ावा ही देगी, लेकिन यह शहर था, यूनिवर्सिटी वाला—मोहन का कोई साथी पास रहता हो तो...और वह पढ़ने में तेज़ भी हो, जैसे श्याम था। ऐसा कोई नहीं था। मोहन का स्वभाव भी साथी और दोस्त बनाने वाला नहीं।

शमशेर ने मोहन को पास के ही एक औसत कोचिंग सेंटर में डाल छुट्टी पा ली। दरअसल उसकी दिलचस्पी सिर्फ़ उसकी अपनी तरक्की, अपने स्टेट्स की बढ़ोत्तरी में ही थी, जैसे शमशेर के पिता अपने बेटे को उसके लड़कपन में ही उसके भाग्य पर छोड़ संन्यासी होकर निकल गए थे। जब वह अपने पिता के संन्यासी हो जाने के बाद अपने दम पर, अपनी लियाकत को आगे बढ़ाता हुआ यहाँ तक पहुँच सकता है तो मोहन भी क्यों नहीं। उसके पास पिता हैं, माँ है, शमशेर के पास न पिता था और माँ भी कहाँ थी!

स्कूल के बाद कोचिंग जाना मोहन को अखरता था...शिखा को सख्त होना पड़ता। औसत विद्यार्थी की तरह मोहन के घिसटते रहने से वह निराश थी, बेटे पर खीझती। क्लास में पिछलग्गू रहने से मोहन की पढ़ाई में दिलचस्पी कम होती चली गई। वह चिड़चिड़ा हो गया था, बात-बात पर माँ से झगड़ पड़ता। माँ-बेटे के बीच दूरियाँ आने लगीं।

उधर शमशेर मोहन को शिखा और कोचिंग के जिम्मे छोड़ अपनी गतिविधियों में निश्फिकरी से लगा था। ससुराल वाला पुश्तैनी घर किराए पर उठा था। शिखा किरायेदार को बदलने को कहती रही...लेकिन शमशेर को वहाँ जाने की फुर्सत नहीं...शायद उसे अंदेशा था कि तब शिखा भी साथ चलेगी... और वहाँ भाईसाहब से मिलेगी। वह नहीं गया, मकान में पुराना किरायेदार ही चलता आया। आख़िर जब किरायेदार न किराया बढ़ाने को राजी हुआ, न खाली करने को तो शमशेर ने मकान बेचकर हमेशा-हमेशा के लिए शिखा के ससुराल वाले शहर से छुट्टी पा ली। इस तरह पुश्तैनी घर जो आज भी उसका सहारा हो सकता था, उससे हाथ धो लिए। बेचने से जो रुपये मिले, उससे दूसरा घर ख़रीदा जा सकता था...शिखा जितना बन सका, समझाती रही, लेकिन यहाँ भी शमशेर की अक्ल के घोड़े दौड़ रहे थे—'क्या ज़रूरत मकान ख़रीदने की, बेवजह बेकार के काम सिर पर लेना, यह मरम्मत वह मरम्मत...किरायेदार से निपटने-सुलझने में सिर खपाना...जबकि रहना उन्हें अब यहीं हैं। यहाँ वह ऐसा बन्दोबस्त कर लेगा, जो बाहर से भले उन्हें किरायेदार दिखाता रहे, मालिक वे ही होंगे घर के। उसने एक ऐसे सज्जन को ढूँढ़ लिया,

जो निस्संतान थे, उन्हें ज़्यादा डिपौजिट देकर आजीवन उनके एक फ़्लैट में मामूली किराए पर रहने का करार कर लिया। अपना पुश्तैनी घर बेचने से जो रुपये बचे उनका क्या किया...शिखा को कभी नहीं बताया। जहाँ तक शमशेर अपनी महत्त्वाकांक्षाओं को पूरी करने के रास्ते खर्च कर रहा था...

शिखा बी.ए. पास ही रह गई। ज़्यादा ताज्जुब उसे अब यह सोचकर होता है कि ज़िन्दगी निकल गई और वह सिर्फ़ पाँच शहर ही देख सकी—मायके वाला, अपनी यूनिवर्सिटी का, ससुराल वाला और असम का यह। तीर्थयात्रा के नाम पर शमशेर ने सिर्फ़ कामाख्या देवी के दर्शन करा दिये...उस निमित्त थोड़ा-बहुत गुवाहाटी देख ली। जब बात उठती कि कम-से-कम दिल्ली और ताजमहल तो देख लेती, शमशेर मीठे से समझा देता...रिटायरमेंट के बाद घूमेंगे...जमकर घूमेंगे। वह ख़ुद भी घूमने के ख़याल से कहीं नहीं जाता था... सिर्फ़ जहाँ काम हुआ वहीं...इतना व्यावहारिक था!

पुश्तैनी घर और पुराने शहर से छुट्टी पाकर, घर-गृहस्थी पूरी तरह शिखा को सौंपकर शमशेर ने पूरी तरह अपनी महत्त्वाकांक्षाओं में ख़ुद को झोंक दिया था। वह प्रोफ़ेसर...उसके बाद वाइस चांसलर होने के भी ख्वाब देख रहा था, उस हिसाब से अपने बायोडेटा को फैलाने में भी जुटा था। अक्ल ही अक्ल... अक्ल से ही कड़बड़-कड़बड़ दौड़ता हुआ...इसे जोड़ना, उसे तोड़ना...गोटी यहाँ बिठाना, वहाँ बिठाना...दिमाग़ पल-प्रतिपल चलायमान...उठापटक में ज़्यादा। यूनिवर्सिटी में था तो दिमाग़ अपनी लियाकत बढ़ाने, किताबें लिखने में लगाता...वह करता तो मोहन भी पढ़ाकू निकल सकता था, पीछे-पीछे शिखा भी चल सकती थी, कहीं पहुँच सकती थी! शिखा ने यह भी देखा कि शमशेर की बुद्धि दूसरों को टंगड़ी मारने, गिराने में ज़्यादा तेज़ी से दौड़ती थी। इस लिहाज से वह नकारात्मक सोच वाला व्यक्ति था...उसी में दिन-रात बेचैन। ऊपर से सिगरिट पर सिगरिट जिससे यूनिवर्सिटी पहुँचकर शराब भी जुड़ गई थी। शराब की बैठकों से वह अपने सम्पर्क बढ़ाने में लगा हुआ था...

क्या होना था...एकाएक हार्ट अटैक और मृत्यु। शिखा ने कोशिश बहुत की लेकिन वह शमशेर को कभी नहीं चाह सकी—उस आदमी की बुद्धि उसके

स्वार्थ के इर्द-गिर्द ही जिस तरह नाचती थी। शमशेर के जाने का दु:ख नहीं था, एकाएक जिस तरह वह गया...उसे मझदार में छोड़कर। बेटे को सैटिल करा कर जाता। शिखा एम.ए. के पहले वर्ष में थी जब शमशेर विराम की तरह आ खड़ा हुआ, मोहन बी.ए. के पहले वर्ष में...और वह चलता बना! गनीमत कि रहने के लिए फ़्लैट था जिससे उसके मालिक ने उन्हें कभी बेदखल नहीं किया। वे सचमुच सज्जन पुरुष हैं। शमशेर की मृत्यु के बाद यूनिवर्सिटी से ग्रैचुइटी और प्रौवीडैंट फंड का जो पैसा मिला, उसके बल पर बेटे की पढ़ाई जारी रह सकी।

मोहन का भी क्या कहा जाए। उसके जन्मने पर शिखा सोचती थी कि वह ख़ुद भले कहीं न पहुँच पाई हो, मोहन के रास्ते वहाँ पहुँचेगी, अपनी ज़िन्दगी उसके इर्द-गिर्द बुनेगी, लेकिन मोहन...अपने बाप की तरह धुन में चलने वाला निकला, बचपन से ही अपने बाप को जैसे देखता रहा था। शिखा को आदर देना तो दूर, वह उसकी उपस्थिति को सिर्फ़ बर्दाश्त करता था। जैसे अपने सपने ताख़ में रख शिखा ने उसकी परवरिश की थी...उसे तो वह क्या जाने, बाप के जाने के बाद जिस तरह शिखा ने उसकी सुविधाओं का ख़याल रखा, जिस मितव्ययता से रुपये-पैसों का इस्तेमाल कर उसकी पढ़ाई पूरी कराई... मोहन के ख़याल में वह भी नहीं था। वह सोचता—इसमें शिखा का क्या.... वह तो उसके पिता की कमाई का पैसा था जिस पर बेटे का अधिकार था। अक्सर वह ख़ुद ही आगे बढ़-बढ़कर माँ से साधिकार ले लेता था।

मोहन ने किसी तरह बी.ए. बी.एड. कर लिया। शायद वह अपनी सीमाएँ समझ चुका था और अध्यापक बनने के ख़याल से सन्तुष्ट था। एक दिन वह एक असमी लड़की को लेकर आया...

"माँ ये इन्दिरा हैं। हम शादी करने जा रहे हैं..."

शिखा अवाक्! वह सोचती थी कि मोहन का ब्याह उसी तरफ़ होगा, जहाँ से वे आए थे, जहाँ उनकी रिश्तेदारी थी। वह उसी तरफ़ कहीं नौकरी कर लेगा... जैसी भी छोटी-मोटी। यहाँ वे विदेशी ही थे, अपने प्रदेश में लौटकर अपनों के बीच तो रहेंगे। उसने मोहन को समझाया भी। मोहन का सोचना उल्टा था—

“नौकरी वगैरह के मामलों में उस तरफ़ के हाल ज़्यादा ख़राब हैं। यहाँ मुझे नौकरी मिल रही है। यहाँ रहना है तो अगर यहीं की लड़की पत्नी होगी तो यहाँ के लोगों में हम ज़्यादा स्वाभाविकता से घुल-मिल सकेंगे। बापू का जीवन भी यहीं गुजरा है, उनके जानने वाले यहाँ हैं...वहाँ कौन है?”

“क्यों...तुम्हारे पिता के रिश्तेदार हैं, मेरे मायके के लोग हैं...”

“वह सब इतिहास हो चुका। यहाँ की हमारी जान-पहचान हाल की है, फिर इन्दिरा के घर के लोग हैं। वे हमारे संरक्षक रहेंगे।”

शिखा सोचती रह गई—वह लड़की थी, मायके से कटकर शमशेर के घर आई थी...तो उसके साथ ख़ुद को ढाला। मोहन तो लड़का है...माँ, उसके परिवेश से कटकर ससुराल के संरक्षण में जा रहा है। कुछ करना तो दूर वह कुछ कह भी न सकी...यह भी नहीं कि अभी शिखा तो दूर, मोहन ही इन्दिरा को कितना जानता है!

मोहन और इन्दिरा का विवाह हो गया। विवाह में इन्दिरा की तरफ़ के ही लोग ज़्यादा थे, इधर शमशेर और मोहन के दो-चार स्थानीय परिचित। शिखा की ससुराल या मायके के एक भी नहीं। मोहन ने उन्हें खबर भी नहीं दी—‘इतनी दूर से कौन आएगा!’ उसका तर्क था।

मोहन उसी शहर के एक स्कूल में अध्यापक हो गया...इन्दिरा के पापा की मदद से। इन्दिरा उनके फ़्लैट में रहने ज़रूर आ गई थी, पर मोहन घर-जमाई ही हुआ, एक तरह से...जिसका दर्प इन्दिरा के चेहरे पर बराबर रहता। स्वभाव से वह सूखी थी ही...अब करेला नीमचढ़ा हो गया। शिखा की घर में औकात पुराने फर्नीचर के एक पीस से ज़्यादा कुछ नहीं। उसकी सास तो विक्षिप्त थीं, फिर भी शिखा ने उन्हें किस आदर से रखा था!

शमशेर की जीवन-शैली का एक पैटर्न अब साफ़ दिखाई देता है। जीवन को स्वाभाविकता में बहने देने के बजाय वह अपनी अक्ल से दिशा तय करके उसे उस तरफ़ ढकेलता था। बाकायदे प्लान बनाकर चलता था, हर व्यक्ति, स्थिति या चीज़ को अपने फ़ायदे की तरफ़ ही मोड़ने की कोशिश करते हुए। अपनी अक्ल पर घमंड उसे शुरू से ही था, हर जगह अपनी चतुराई को घसीट

कर ले आता...पत्नी जैसे क़रीबी रिश्ते में भी। अगर स्वाभाविक ढंग से चलने देता तो पति-पत्नी में पारस्परिक विश्वास की आधार-भूमि बन सकती थी। पढ़ा-लिखा होने के बावजूद, पत्नी को अपनी सम्पत्ति मानने वाली विचारधारा उसके भीतर अधोतल पर चिपकी बैठी थी। होशयारी से वह इसे छिपाए रखता। मारा-पीटी उसने कभी नहीं की, मानसिक आघात जो साफ़-साफ़ वैसे दिखें...वे भी नहीं पहुँचाये। बहुत ही महीन ढंग से छीलता चला गया। शुरू से ही उसकी प्लानिंग रही कि शिखा को नौकरी करने लायक कभी न बनने दिया जाए, वह घर के बाहर कभी न निकल सके...क्योंकि तब उसके हाथ से निकल जाने का खतरा था। इन्दिरा जैसी आज की लड़कियों को देखती है तो शिखा को अपनी कमी भी दिखाई देती है। वह भी कभी किसी परिस्थिति में डट कर खड़ी न हो सकी...न पिता, भाईयों के सामने, न शमशेर, मोहन के सामने ही। आत्मविश्वास की भयंकर कमी—वह समय जब वह पैदा हुई वैसा ही था!

शिखा के जीवन में लौ कितनी थोड़ी देर के लिए चमकी...देखते-देखते ही बुझ गई। प्रेम की झलक, दिव्यता की महक, प्रेम से पहचान...इतनी भर कि याद कर सकती है। सपने...सिर्फ़ मोहन के बड़े होने-होने तक...जल्दी ही बाप-बेटे दोनों ने धूल में मिला दिये। उसे सपने तक नहीं देखने दिये गए। श्याम और वह साथ पढ़ते थे...वह पढ़ाई पूरी करके कहाँ से कहाँ पहुँच गया। शिखा उससे ज़्यादा सम्पन्न परिवार की, उस स्तर पर आ गिरी जो श्याम के परिवार का तब था। पढ़ाई पूरा कर, अपने बल पर वह कुछ हो सकती...इसकी जगह शमशेर ही धीरे-धीरे उसे अपढ़, आश्रिता बनाता चला गया। पहले वह शमशेर की आश्रिता हुई, आज बेटा-बहू की है, सभी तरह के अपमान सहते हुए। भाईसाहब का साथ सहारा बन सकता था...वे उसे आत्मनिर्भर होने के रास्ते ले जा सकते थे। शमशेर ने उनसे भी काटकर रख दिया। भाईसाहब के पास अब लौटे...तो रहेगी कहाँ...शमशेर ने तो ससुराल वाले घर को भी आग लगा दी। और भाईसाहब अब—सालों से कोई सम्पर्क नहीं, उसने ही नहीं रखा, शमशेर की ख़ुशी की खातिर—होंगे भी तो इतने समर्थ वे पहले भी नहीं थे...कि शिखा के लिए किराए का एक घर ही कर दें...

मायका...सब गुज़र चुके...माँ-बाप, दोनों भाई। पक्का बड़ा मकान ज़रूर खड़ा है जिसे लेकर दोनों भाइयों की पत्नियों में अपनी-अपनी सन्तति के लिए खींचा-तानी मची होगी। शिखा पहुँचे तो दोनों औरतों में इसे लेकर ज़रूर एका हो जाएगा—यह कहाँ से आ गई, भगाओ इसे...

श्याम को ढूँढ़े? शिखा के विवाह के बाद एक ही बार वह आया। उसने देखा था—जैसे वह बँधी हुई थी, बाहर निकली तो थी, लेकिन भाईसाहब... रिश्तेदार के साथ ही...उससे अकेले में मिलने का थोड़ा वक़्त भी नहीं निकाल सकी। उसने अपमानित महसूस किया होगा, उसके बाद श्याम ने उससे कोई सम्पर्क नहीं रखा...अपनी असमर्थता समझ शिखा ने भी नहीं...

बचपन की यादें...लौट-लौट कर शिखा तक आती हैं...श्याम को भी कुछ याद होगा क्या? हो भी...और पुराने दिनों की खातिर श्याम उसे सहारा देने को प्रस्तुत भी हो जाए...तो यह श्याम के व्यवस्थित जीवन में खलल तो डालेगा ही...जिसका अधिकार है क्या शिखा को? पहले श्याम के सामने वह बराबरी से...थोड़ा ऊँचाई से ही खड़ी होती थी...अब उसके सामने भिखारिन की तरह खड़ी होगी। इस तरह तो वह उस फूल को ही मसल डालेगी जो उसके रेगिस्तान जैसे जीवन में एकमात्र खिला था कभी...पहाड़ की वह हल्की सुगन्ध...दिव्यता की अनुभूति...जो अब भी, जब कभी, पूरा जीवन गुज़र जाने के बाद भी—नथुनों को भिगो जाती है...

कैसी अकिंचनता! जाने के लिए कोई जगह नहीं। कहीं घर नहीं, साथ कोई आदमी नहीं, ख़ुद में कुछ करने की लियाकत नहीं। वह कुछ न हो सकी। शमशेर ने उसे कहीं का न रखा!

एक लड़की को पत्नी हासिल कर क्या किसी पुरुष को यह अधिकार हो जाता है कि वह उसे कुछ-का-कुछ बना डाले—एक जीव जो सम्भावना भरा पृथ्वी पर आया था, उसे शून्य बना डाले?

भयंकर शोषण है यह तो...शोषण नहीं हत्या! दूसरे की बहती जीवनधारा को बड़े ही शातिर ढंग से जगह-जगह काटते हुए वहाँ ले आना जहाँ वह पोखरा बनकर पड़ा रह जाए...सड़ता, गंधाता...

श्याम होता तो...

1970...वृक्ष से लिपटी बेल

फैली-फैली दुनिया थी उसकी, जब वे उसकी ज़िन्दगी में उग आए, जैसे सागर के विस्तार के पार एकाएक प्रकट हो कोई प्रकाश-स्तम्भ।

वह युवा...लम्बी-छरहरी-गोरी, सुन्दर, क्लास वन अधिकारी! पति भी क्लास वन, अलबत्ता दूसरी सर्विस में। दो लड़के...जो स्कूल जाने लगे थे। पति-पत्नी... दोनों अपने-अपने दफ़्तरों में व्यस्त, घर में नौकरों का पुख्ता इन्तज़ाम—उनमें एक चीफ़ मुस्तकिल! घर के सब काम उसकी देखरेख में चलते थे—खाना बनाने वाली, बच्चों को स्कूल ले जाने, ले आने वाला ड्राइवर, झाड़ू-पोंछा के लिए अलग बाई, कार-सफाई और बगीचा के लिए पीछे सर्वेंट क्वार्टर में रहने वाले दो परिवार...सबसे चीफ़ ही काम कराता था। घर का इन्तज़ाम भी दफ़्तरों जैसा कर दिया तो दोनों को अपनी ज़िन्दगी अपनी तरह जीने के लिए पर्याप्त समय और स्वतंत्रता मिल जाती थी। उसके अपने अलग इस्तेमाल के लिए प्रायवेट छोटी कार, जिसे वह ख़ुद चलाती थी। दफ़्तर में किसी से भी मिलती, दफ़्तर के बाद कहीं भी चली जाती। लोगों के बीच वह शमा की तरह जलती, एक पर एक पतंगे उसके इर्द-गिर्द मँडराते-झुलसते रहते। ज़्यादा को वह दफ़्तर की फाइलों की तरह 'आउट' की ट्रे में डालती चली जाती। कुछ दाखिल दरवाज़ा हो जाते...वे ही जिन्हें वह पसन्द करने लगे।

शुरू-शुरू में जो पीछे-पीछे काफ़ी दूर तक चला आया...वह कॉलेज में उसका सहपाठी था, अंजुम नाम से कविताएँ लिखता था। उससे शादी करने के ख्वाब देखता था। वह यू.पी.एस.सी. के कम्प्टीशन में बैठी, चुन ली गई,

अंजुम कविताएँ लिखता रह गया। क्लास वन नौकरी में चुने जाने के बाद अब उसका विवाह भी क्लास वन से ही होना था...तो अंजुम पीछे छूट गया। उसके विवाह के पाँच साल बाद एकाएक उसके दफ़्तर में प्रकट हुआ...नया कविता संग्रह उसे भेंट करने। कविताओं में वही वह थी...उसका सौन्दर्य अलग-अलग कोणों से या फिर उसके लिए अंजुम के प्रेम की करवटें। कविताएँ पढ़कर उसे ताज्जुब हुआ...कोई उसमें क्या-क्या देख लेता है, कैसी-कैसी सुन्दरता, उसकी कौन-कौन सी भंगिमाएँ। उसकी एक-एक चीज़ पर कविताएँ थीं—आँखें, रंग...यहाँ तक कि क़द भी। क्या वह इतनी सुन्दर थी? उसमें इतना कुछ है... वह गर्व से भर गई। अंजुम के लिए प्यार जागा। कोई जीवन में कुछ भले न बन पाए...भावों की दुनिया में ही कितना ऊपर उठ सकता है। वह उपकृत थी, उसे देना चाहती थी...जिसका प्यासा वह रह गया। अंजुम दूसरे शहर में रहता था, अब तक शादी नहीं की थी। कहता—किसी दूसरे से कर ही नहीं सकता, उससे नहीं हो सका तो किसी से नहीं, ऐसे ही रहेगा, आजीवन। वह जब भी उसके शहर आता, वह छुट्टी लेकर उसके साथ घूमती...पार्क, रेस्तोरा, सिनेमा...जहाँ भी वह चलने को कहता।

कि वह मुकाम आ गया जिसे लक्ष्मण-रेखा कहते हैं। अंजुम उसके साथ रात बिताने का आग्रह करने लगा। उसकी भावुकता अधिकार माँगने लगी। अविवाहिता होती तो शायद वह उसे दे देती...लेकिन अब उसे अपने बन्धन का ख़याल रखना था। यहाँ से लौट लेना ही बेहतर समझा—जिधर अंजुम ले जा रहा था, वह तो पागलपन का रास्ता था...जो थोड़ा-बहुत वह था भी। शेक्सपीयर ने ऐसे ही नहीं—लवर्स, पोइट्स और लुनैटिक्स को एक ही श्रेणी में रखा है! वह पीछे हट गई।

अब उसे दफ़्तर के अधिकारी अच्छे लगने लगे—वे सन्तुलित और बुद्धि से चलने वाले लोग थे, घर-दफ़्तर—दोनों को बैलेंस करके। इनमें भी वे जो न बहुत ऊँचे पदों पर थे, न बहुत नीचे। ऐसे ही शान्तनु से परिचय हुआ। अंजुम से दूर होने की कोशिश में शान्तनु से अन्तरंगता कुछ ज़्यादा ही तेज़ी से बढ़ी। वह मंत्री का प्रायवेट सैक्रेटरी था, मंत्री के बगल में ही उसका कमरा...उसी

इमारत में जिसमें वह थी। वे अधिकतर शान्तनु के कमरे में ही बैठते, उन्हीं दिनों उसमें भी किसी मंत्री से जुड़ने की ख़्वाहिश पैदा हुई।

शान्तनु के साथ उस किस्म की दोस्ती बनी, जिसमें प्रेम की आँच थी लेकिन प्रेम का पागलपन दूर-दूर तक नहीं....इसलिए वह चली भी, काफ़ी समय तक। इत्तिफाक कि उन्हीं दिनों अपने विभाग की तरफ़ से एक दूसरे मंत्रालय की बैठक में जाने का हुआ जहाँ पहली बार उन्हें देखा—भट्टाचार्य जी—उस मंत्रालय के मंत्री, बैठक के अध्यक्ष। बैठक के बाद चाय के दौरान सभी के बीचोंबीच उनसे दो मिनट की बातचीत भी हुई। दो महीने भी नहीं बीते थे कि भट्टाचार्य जी के मंत्रालय के एक विभाग में उसे प्रतिनियुक्ति पर जाने का आदेश मिला और वह उनकी इमारत में आ गई, गो कि उनके दफ़्तर से दूर।

नये दफ़्तर में दो-तीन नये लोगों से नज़दीकियाँ हुईं। केशव...यूनिवर्सिटी में प्राध्यापक...एक तरह से अंजुम और शान्तनु का मिक्सचर। शान्तनु की तरह उसका व्यक्तित्व दफ़्तरी दुनिया तक सीमित नहीं था, अंजुम की तरह नारी सौन्दर्य में उड़-उड़ नहीं जाता था। केशव पढ़ा-लिखा बौद्धिक था...उससे पृथ्वी, संसार और जीवन के बारे में गहरी बातें होतीं। वह उतना ही पास आता जितना वह आने देती, ख़ुद को थोपता नहीं था...शायद संकोच जो अध्यापकों में अधिकारियों के सामने होता है। वह केशव को पसन्द करती थी, लेकिन वह ख़ुद बहुत आगे आने की कोशिश नहीं करता था, पीछे ही रहता। एक बार ज़रूर उसने वहीं उसके कमरे में बैठे-बैठे, बातचीत करते-करते, बारीक पेन से उसका स्केच बनाकर दिया। नीचे उसके हस्ताक्षर और तारीख़। स्केच में जैसी वह उस दिन थी...बाल उड़ते हुए। केशव ने बताया—'उड़े-उड़े बालों से उसका व्यक्तित्व उभरता है...उसका बिखराव जो सुन्दर भी है।' उसने उस स्केच को मढ़वा कर घर के ड्राइंगरूम के बुकशेल्फ के ऊपर रख दिया था। अंजुम की किताब बुकशेल्फ़ के अन्दर थी। पति को अंजुम की किताब के बारे में कोई जिज्ञासा नहीं हुई थी, लेकिन स्केच के बारे में पूछा था। उसने लापरवाही से बता दिया—'केशव, दफ़्तर में बैठे-बैठे बना गया, किसी का भी बना देता है।'

एक वह था—संजय सिंह, ठकुराई में ही भभकता रहता, इंजन की तरह धड़धड़ाता आता। वह किसी और से फ़ोन पर बात करती हुई, या बातचीत में किसी दूसरे का ज़िक्र भी आ गया...तो भिनकता हुआ चला जाता। शरीर से हृष्ट-पुष्ट—जिसे वह पुरुष का सौन्दर्य, अपनी सबसे अहं चीज़ मानता था, उसी से प्रभावित करने की कोशिश करता रहता। वह स्वयं सुन्दर थी—यह वह जानती थी, लेकिन यह भी कि वह सिर्फ़ शरीर नहीं है।

उसी मंत्रालय का वित्त सलाहकार भी जब कभी उसके कमरे में आ जाता...उतना ही सूखा, जितना अंजुम भावुकता में भीगा हुआ, देखने में संजय सिंह का एकदम उलट। उससे अन्तरंग होना चाहता था पर कैसे हो... यही नहीं जानता था, कोशिश करता रहता...ज़्यादातर मंत्रालय के वित्त मामलों की बातें करके चला जाता। कभी-कभार शान्तनु भी उसके नये दफ़्तर आ जाता।

इन सबों के बीच वह चहकती-फुदकती बहती रहती। अक्सरान उसके मित्रों में किसी-किसी का उसके दफ़्तर में आना-जाना एक ही समय हो जाता तो वे जल-भुन जाते, कभी दो एक वक़्त बैठें हुए तो उनमें खींचातानी, टकराहट भी हो जाती...बेवजह। इसका कभी वह मज़ा लेती, कभी परेशान हो जाती, कभी किसी का रोष भी झेलना पड़ता, कभी वह भी कुपित हो जाती, सामने वाले को डाँट देती—'आई एम नौट सम-वन्स प्रौपर्टी यार!' उलझनें बढ़ीं तो उसके सामने सवाल उठा कि आख़िर वह क्या चाहती है, उसकी अपनी वरीयताएँ क्या हैं? वह किधर जाना चाहती है, जीवन से उसे क्या चाहिए, क्या होना चाहती है वह? बहुत साफ़-साफ़ तो नहीं, लेकिन भीतर से ऐसा लगा जैसे उसकी हस्तरेखाओं में कैरियर वाली रेखा सबसे लम्बी और पैनी है, उसे अपने कैरियर का ही सोचना चाहिए...जिसके लिए वह कम्प्टीशन में बैठी, अधिकारी बनी। वही है जो आख़िर तक चलेगा, लोग जो रास्ते में मिलते हैं—अंजुम, शान्तनु, केशव वगैरह...ये हवा के झोंके हैं, इधर से आए, उधर बह जाएँगे। तो जैसे ही उसे भट्टाचार्य जी के ओ.एस.डी. होने का प्रस्ताव मिला, उसने लपक लिया।

भट्टाचार्य जी उम्र में उससे काफ़ी बड़े। अब तक जिनसे नज़दीकियाँ हुई थीं...सब उसके समकक्ष थे, यहाँ भट्टाचार्य जी बौस और वह उनकी मातहत। फाइलें जो उनके यहाँ आती, उनमें से विशेष वे अपने देखने के लिए रख लेते...शेष...क़रीब-क़रीब नब्बे प्रतिशत उसके यहाँ पहुँचा देते। उसका काम उन फाइलों को पढ़ना, मंत्री जी से उन पर चर्चा करना...जिसके बाद मंत्री जी अपनी टीप फाइल पर लिख उसका निपटान कर देते। उनके कमरे में आमने-सामने बैठे हुए भट्टाचार्य जी कभी-कभी ही अनौपचारिक होते, लेकिन ज़्यादातर फाइलों के मामलों को कितनी-कितनी तरह से जाँचना-परखना चाहिए, मंत्री के स्तर पर किस तरह का निर्णय होना चाहिए...ये सब सिखाते। उन्होंने सिखाया कि मंत्री के नीचे के फ़ैसले तो नियमगत होते हैं, मंत्री के स्तर पर नीतिगत, नीचे वे नियम जो सरकार ने बनाए हैं, मंत्री के स्तर पर वह नीति जिस पर सरकार चलती है। सरकार नियमों के बाहर भी जा सकती है।

"कलकत्ता...मेरे साथ दौरे पर चल सकोगी?" एक दिन उन्होंने पूछा।

वह एकाएक कुछ न कह सकी, सोचने के लिए वक़्त माँग लिया।

अब तक सरकारी काम पर वह कभी बाहर नहीं गई थी। शहर में अपने कहीं आने-जाने को लेकर घर में कभी किसी से कुछ पूछने की ज़रूरत महसूस नहीं होती थी। वह ख़ुद तय करती थी, उसकी अपनी स्वतंत्रता...लेकिन यहाँ स्वतंत्रता की जगह कहाँ? यह तो मंत्री जी की शालीनता थी कि उन्होंने पूछा, अगर आदेश देते तो वह क्या करती...उनकी मातहत, सरकारी नौकर...जाना ही पड़ता। कितना आदर देते हैं वे, ओ.एस.डी. बनाकर लाने के पहले भी उसे बुलाकर पूछा था।

भट्टाचार्य जी की दूसरी विशेषताओं पर वह पहले से ही मुग्ध थी—क्या स्मृति...कहाँ-कहाँ की, कब-कब की चीज़ें याद थी उन्हें। कितना पढ़ा है... बात-बात में बड़े विचारकों, इतिहास-पुरुषों को कोट करते हैं। उनके मुकाबले उसके दूसरे दोस्त—अंजुम, केशव वगैरह...सब अपढ़ दिखते थे। भट्टाचार्य जी कितने ईमानदार...कभी किसी फाइल पर निर्णय लेते समय कोई बात छिपाना, किसी वजह से पक्षपात...कभी नज़र नहीं आया। उन गुणों में एक और जुड़

गया था—अपने मातहत का भी इतना ख़याल, कि उससे बाहर के दौरे पर जाने के लिए पूछते हैं...यह मानवीयता...या वह महिला थी...इसलिए!

वे किसलिए उसे साथ ले जा रहे हैं...उनकी नज़रों में कुछ? वैसा कुछ दिखा तो नहीं...लेकिन इन राजनेताओं का क्या भरोसा, बहुरूपिये होते हैं। अगर कैरियर में वह बहुत आगे जाने चाहती है तो महिला होने की वजह से कोई छेंक-रोक...इसे तो काट फेंकना होगा। पति से पूछा।

"क्या कर सकती हो?"

"क्यों...मना कर सकती हूँ, उन्होंने पूछा है।"

"आदेश है...इस स्तर पर आदेश इसी भाषा में दिये जाते हैं।"

"मना कर दूँ...तो ज़्यादा से ज़्यादा क्या करेंगे वे? मुझे वापस अपने विभाग में भेज देंगे, नौकरी तो ले नहीं सकते।"

"कोई पुरुष होता तुम्हारी जगह तो आदेश उल्लंघन की कार्यवाही शुरू की जा सकती थी, महिला हो, तो यह वे शायद न करें।"

पति ने उसके ऊपर ही छोड़ दिया। अगर वह मना करती है तो इसमें भट्टाचार्य जी के प्रति अविश्वास भी तो झलकता है। वापस विभाग भेजी गई तो जब से ओ.एस.डी. हुई...तब से मेहनत जो वह करती आ रही है, उस पर पानी डालना जैसा होगा। ख़ुद को सिकोड़ कर बैठेगी तो कैरियर में आगे कैसे जा सकेगी...

उसने 'हाँ' कर दिया। दौरे में भट्टाचार्य जी ने पूरा 'डैकोरम' रखा। प्लेन में वह दूर ही बैठी, ठहरने का उसका इन्तज़ाम दूसरी बिल्डिंग में। वे स्वयं सर्किट हाउस में ही ठहरे। दफ़्तर में छूट ले लेते थे...इधर-उधर से आए और कभी भी बुला लिया, कभी-कभी यों ही बातें करने के लिए बिठा लिया। दौरे में एक बार भी सर्किट हाउस नहीं बुलाया। मीटिंग में अपने बगल में बिठाया... मीटिंग के दौरान उसने एक बार भी मुँह नहीं खोला, एक कुशल अधिकारी की तरह नोट करती रही, एक मुद्दे पर ज़रूर मंत्री जी का ध्यान खींचा, बाकी पीछे रही। मीटिंग की बातचीत में कोई हिस्सा नहीं लिया...हर तरह से अधिकारी वाले अनुशासन में।

भट्टाचार्य जी का उस तरह आदर देना, उसके साथ वैसा व्यवहार...वह उनके और क़रीब आ गई थी। उधर भट्टाचार्य जी भी उस पर अधिक निर्भर होने लगे...बाहर मातहत अधिकारी वाला पूरा डैकोरम...अन्दर चली आती व्यक्तिगत सम्बन्ध वाली हल्की-हल्की गर्माहट भी। वे जिन-जिन मंत्रालयों में गए, उसे साथ लेते गए। प्रशासनिक अड़चनें न आएँ, इसलिए उनकी सलाह पर उसने अपनी सर्विस से स्वैच्छिक अवकाश ले लिया और मुस्तकिल तौर पर उनके व्यक्तिगत स्टाफ में शामिल हो गई। अब मंत्री जी के बगल में उसका भी बड़ा कमरा होता, बाहर बोर्ड—'मंत्री की विशेष सलाहकार'। काम वही... लेकिन अब वह भट्टाचार्य जी की विश्वासपात्र थी, इसलिए सभी फाइलों को देखना, पढ़ना और उन पर निर्णय सुझाना होता था। गोपनीयता रखना...तो बाहर वह किसी को यह आहट भी नहीं होने देती थी कि फाइलों पर निर्णय अधिकतर उसी का होता है। फाइलें भी अपने कमरे में न आने देती, मंत्री जी के कमरे में ही जाकर देखती, तब जब मंत्री जी कार्यक्रमों में बाहर गए हुए होते। अपनी सर्विस में रहते हुए वह सचिव जैसे किसी ऊँचे पद पर नहीं पहुँच सकती थी, लेकिन अब वह सचिवों की अनुशंसाओं पर अपने निर्णय बिठा रही थी। पति निरंजन रिटायर हुए तो भट्टाचार्य जी ने उन्हें रिटायरमैंट के बाद वाला एक पद दिलवा दिया, अलबत्ता दूसरे प्रान्त में। अपनी सर्विस में रही आती तो उसे भी रिटायर होकर घर बैठ जाना था, लेकिन यहाँ रिटायर होना ही नहीं था। बढ़ते कामों की वजह से मंत्री जी के घर भी आना-जाना होता... इसलिए उन्होंने अपने बँगले के पास में ही उसके लिए मकान की व्यवस्था करा दी।

इस तमाम दरम्यान भट्टाचार्य जी ने उसके साथ उचित दूरी बनाए रखी। देश में मंत्री जी के दौरों में वह सिर्फ़ दो बार साथ गई। विदेश के दौरे के लिए उन्होंने एक बार वैसे ही पूछ लिया जैसे पहले देश वाले के लिए पूछा था। उसकी हिचकिचाहट दिखी तो फ़ौरन सहमत हो गए। आख़िर उन्हें भी अपनी प्रतिष्ठा का ख़याल रखना था। वह साथ जाती तो मीडिया ले उड़ता। तो विदेश वह एक बार भी नहीं गई। उनके घर जाना ज़रूर रूटीन हो गया था,

दफ़्तरी समय के बाद क़रीब-क़रीब रोज़...लेकिन वहाँ बाहर जो ऑफ़िस का कमरा था...वे वहीं बैठते थे...वह मंत्री जी की कुर्सी के सामने वाली कुर्सी पर, जब मंत्री जी नहीं हुए तब भी वहीं। बाहर चपरासी...और बगल के छोटे कमरे में मंत्री जी के पी.ए.। उसके लिए यहाँ अलग से कोई कमरा नहीं था।

उनके प्रान्त के पैतृक निवास में भट्टाचार्य जी की पत्नी का देहान्त हो गया। कर्मकांड के सिलसिले में वे वहीं रहे, उनके यहाँ कर्मकांड लम्बे चलते थे। बहुत ज़रूरी कामों के लिए एक दिन को आए...उसके बाद उन्हें फिर लौट जाना था। पूरे तेरह दिन का शोक होता था जिसमें उनके बाहर आने, मिलने-जुलने पर प्रतिबन्ध था। वह संवेदना व्यक्त करने के लिए मिलना चाहती थी और वे बाहर कमरे में नहीं आ रहे थे। वह पूरे दिन बाहर के आफिस में बैठी रही। शाम को उन्होंने ही खबर भिजवायी कि वह बहुत ज़रूरी फाइलें लेकर अन्दर आ जाए। उसने वैसी फाइलें उठायीं और अन्दर गई। नौकर ने उसे उनके बैडरूम में भेज दिया...

भट्टाचार्य जी दो-सीटर सोफ़े पर बैठे थे, उसे बगल में बैठने का इशारा किया। वे सफेद धोती-कुर्ता में थे, सिर घुटा था तो चेहरे का गोरापन फैल गया था। जैसे सफेदी का एक गुच्छा सोफे पर था। वह बैठ गई, संवेदना के शब्द ढूँढ रही थी, उनकी तरफ़ देखा तो एक ही शब्द...आहत भरा उसकी जुबान पर आया—"सर..."

और दूसरे क्षण भट्टाचार्य जी का सिर उसकी छाती पर था और वह उनकी चाँद पर हाथ फेर रही थी...जैसे माँ बच्चे को दुलारती है। उम्र के फासले तिरोहित हो गए थे, बच्चा उसकी छाती से चिपका हुआ था...कोई बोल नहीं, सिसकना भी नहीं...सिर्फ़ साँस लेने की हल्की आवाज़।

कुछ पल ही। उन्होंने सिर उठाया तो उसने देखा उनकी आँखें भीगी हुई थीं...

"बहुत ज़रूरी ही..." फाइलों की तरफ़ देखकर उन्होंने कहा।

"वही लायी हूँ।"

उसने फाइल उठा ली। संक्षेप में जितना ज़रूरी उतना ही...सारांश बताया, निर्णय सुझाया। भट्टाचार्य जी ने वहीं अपने पैन से लिखकर दस्तखत कर दिये। इस तरह एक-एक करके छः फाइलें जो वह लेकर गई थी, उनका निपटान हुआ, दरम्यान वे एक शब्द नहीं बोले। फाइलें समेट वह बाहर आ गई, सीधे उनके आफिस वाले कमरे में अपनी सीट पर जाकर कुछ देर बैठी...तभी देखा कि उनका एक आँसू उसकी छातियों की फाँक पर ठहरा हुआ था।

एक बूँद ही, लेकिन बाँध टूट गया था। अब वे वह नहीं रहने वाले थे जो अब तक थे। उसके मन में भट्टाचार्य जी के लिए वह उगा जो किसी के लिए नहीं उगा था, पति के लिए भी नहीं। पुराने परिचितों/दोस्तों से सम्पर्क पहले ही ख़त्म थे...किसी का फ़ोन भी कभी-कभार आ जाता तो वह फ़ोन पर ही न आती या व्यस्तता का बहाना कर रख देती थी। इस बार भट्टाचार्य जी जब फिर लौटे तो उनके चेहरे पर उदासी जैसे चस्पा थी। उन्हें उदासी से बाहर निकालने के लिए वह फड़फड़ा उठी। उनके घर आना-जाना बढ़ गया। वह उस समय भी जाने लगी जब स्टॉफ के लोग जा चुके होते। घर में उनके परिवार का कोई नहीं रहता था, नौकर भी सिर्फ़ एक। वह दौड़कर बेडरूम का दरवाज़ा खोल देता, भट्टाचार्य जी वहीं होते थे। वह एक हल्की-सी नॉक करके अन्दर। कभी उनके साथ डिनर भी ले लेती...इस ख़याल से कि उस बहाने वे ठीक से खायेंगे तो। उनके जीवन में जो एक शून्य-सा आ गया था, वह उसे भर देने को बेचैन थी। घर का नौकर, उनका विश्वासपात्र...उनकी तरफ़ का ही था...वह समझता था कि एक वही थी जो अब उन्हें उदासी के बाहर निकाल सकती है। एक बार उसी डबल-सीटर सोफ़ा पर उसी तरह बैठे हुए, जैसे ही उनका सिर उसकी छातियों पर आया, उसके होंठ उनकी गोरी चांद पर उतर गए...उनका सिर भी उसकी छातियों में धँसता चला गया...

उनके चेहरे की चमक लौट रही थी। दफ़्तर के कामों को लेकर अब पुराना उत्साह जाग उठा था। फाइलों के निपटान के वक़्त प्रेम दफ़्तर के सूखे कामों में मिठास भरता रहता। दौरों पर वे उसे अब भी साथ नहीं ले जाते थे, कहते तो वह चली जाती, हालाँकि अब उसे भी ख़ुद से डर लगने लगा था,

लेकिन घर लौटते ही वे हर तरह से उस पर निर्भर। इस तरह उन दिनों उनके साथ कितने दुर्लभ क्षण जिये। दुर्भाग्य...कि उनके साथ औपचारिकता वाला पुराना समय ज़्यादा रहा, अनौपचारिकता वाला इधर का कम।

एक दिन सवेरे-सवेरे उनके बंगले से नौकर दौड़ता हुआ उसके घर आया...'सर अचेत हो गए, उन्हें एम्स ले गए हैं।' उसके होश उड़ गए, जिस हालत में थी उसी में, बदहवास हस्पताल पहुँची। भट्टाचार्य जी कोमा में थे, ब्रेन हैमरेज हुआ था...वे फिर होश में नहीं आए।

जाने के पहले उनसे बात भी न हो सकी...ऐसे एकाएक चले गए। उसकी ज़िन्दगी—जो पिछले कितने वर्षों से उनसे ही लिपटी-लिपटी चली थी—वह एकाएक ठप्प। व्यक्तिगत स्टाफ के सभी दूसरे दिन से ही घर बैठ गए। उसे सरकारी आवास छोड़ देने के लिए एक माह का समय दिया गया। पति जिस पद पर थे, वहाँ वे ज़रूर अपने पद के कार्यकाल तक रहे।

उसके जीवन में पति का साथ तो रजिस्टर वाला ही रहा। सचमुच जिसे साथ कहा जा सकता है वह भट्टाचार्य जी का ही था, सहारा भी उन्हीं का। उसे...कहाँ से उठाया और कहाँ पहुँचा दिया। मंत्री न होते हुए भी उस स्तर पर निर्णय लेना/सुझाना...और प्रेम भी...जैसे एक उस व्यक्ति में सब समाहित था, बूँद-बूँद उस पर गिरता रहा। उनके बीच उम्र का फासला ज़रूर था, लेकिन उसने कभी महसूस नहीं किया। शुरू में प्रेम जैसी ही उठान, वैसे ही धीरे-धीरे परवान चढ़ा, उनकी पत्नी की मृत्यु के बाद जिस अन्तरंगता में ले गया...

अब पति और वह...दोनों रिटायर्ड अपने दोनों लड़कों और उनके परिवार के साथ तिमंजिला मकान में वैसे ही रहते हैं जैसी उनकी शुरू से ही प्लानिंग थी—भूतल पर पति और वह, पहले तल पर बड़ा लड़का और उसका परिवार, दूसरे पर छोटा और उसका परिवार। सबकी रसोई, रूपया-पैसा, वाहन, इन्तज़ामात...सब अलग। इस तरह संयुक्त और एकल परिवार...दोनों। फिर भी ऐसा नहीं लगता कि वह अपने विस्तृत परिवार के साथ है, वह विश्वास, आत्मीयता नहीं। लगता है वे अगल-बगल के पड़ोसी ही हैं। जीवन भर वह अपना घर छोड़ भट्टाचार्य जी के पीछे भागती रही—यह लाँछन जैसे सभी

की आँखों में बराबर उतराता रहता है। पति सोचता है कि उसकी पत्नी ने प्रेम हमेशा दूसरों को दिया, पति का स्वामित्व भी उसे नहीं, भट्टाचार्य जी को दिया, जब-तब व्यंग बाण चला देता है। भट्टाचार्य जी का ज़िक्र आते ही एक-न-एक अपशब्द उनके लिए उछाल देता है। पहले कभी मुँह नहीं खोला—वह जिस तरह कभी भी उनके घर को दौड़ती थी...रात-विरात उनके साथ उनके घर के अन्दर होती थी—तब भी नहीं क्योंकि वे मंत्री थे, पति को भी कुछ दे सकते थे, दिया भी। पति को रिटायरमेंट के बाद दो-दो पद दिलाए। जब तक वे थे, ये पति-पत्नी दोनों ही रिटायर होने वाले नहीं थे। इसलिए उनसे बढ़ती अन्तरंगता को लेकर पति ने कभी टोका-टाकी नहीं की, लेकिन अब...लड़कों की शिकायत है कि सरकार में जो बड़ी हैसियत उनकी माँ की थी...वह चाहती तो आज वे किसी बड़े सरकारी उद्यम में होते या टाटा-अम्बानी के यहाँ बड़े पदों पर...कम-से-कम अमेरिका में तो हो ही सकते थे...लेकिन माँ को कभी उनके लिए फुर्सत नहीं रही...सड़ल्ली-सी बिजिनिस और रहने को यह एक तल थमा दिये...बस।

वह सोचती है—उसने घर का कोई नुक़सान नहीं होने दिया। दोनों लड़के अपने परिवारों के साथ सुव्यवस्थित हैं। उनके कारोबार समय पर जमा दिये गए, विवाह समय पर हुए...ये न हो पाते अगर वह उनके पिता पर ही छोड़े रहती। एक-एक चीज़ के लिए हर मौक़े पर वह आगे आई। फिर प्रतिभा भी एक चीज़ होती है—पति वहीं तक पहुँचा जहाँ तक भट्टाचार्य जी ने पहुँचाया, लड़कों ने अपने बिजिनिस अपने दम-खम पर आगे क्यों नहीं बढ़ा लिए।

सही कि उसने कभी भट्टाचार्य जी के नाम का फ़ायदा नहीं उठाया। पति के लिए उन्होंने जो किया अपने मन से किया, उसने कभी नहीं माँगा। उसे हमेशा उनकी प्रतिष्ठा का ख़याल रहा। उनके साथ काम करने वह इसलिए नहीं गई थी कि अपना घर भरेगी। असल चीज़ थी उनका साथ। वैसे अगर सिर्फ़ दुनियादारी की बात की जाए तो भी जिस ऊँचाई को वह छू आई... कितने लोग कर पाते हैं। वहाँ तक न पति पहुँच सका, न उस वक़्त के उसके कोई दोस्त...जबकि सब एक ही सीढ़ी से शुरू हुए थे।

कभी-कभी वे सब उनके जेहन में उतर आते हैं, जिनके साथ एक वक़्त उसकी नज़दीकियाँ रहीं, कुछेकों से अन्तरंगता भी। किसी से ठोस कुछ मिला, न मिला...ये बातें छोड़ दी जाएँ तो किसका साथ यहाँ, इस बिन्दु से भी उसे मूल्यवान दिखता है...तो भी भट्टाचार्य जी का ही नाम सबसे ऊपर आता है। बाकी सब पानी के बुदबुदे थे...अंजुम की कविताएँ भी थोड़ी देर को गुदगुदा भर सकती थीं...मुस्तकिल तौर पर उसमें किसी ने कुछ जोड़ा तो भट्टाचार्य जी ने ही...गहराई जो उसके सतही व्यक्तित्व में आई वह उन्हीं के सम्पर्क से। उनका सम्बन्ध किस स्तर का था...उसे नहीं समझ सकते ये लोग!

यह घर...उसका ही खड़ा किया हुआ, यहाँ वे सब हैं जिनसे उसके सांसारिक सम्बन्ध हैं, लड़कों से तो खून के भी...लेकिन ये माँगों और ज़िम्मेदारियों वाले ही अधिक रहे, आत्मिक कभी नहीं बन सके। इन सबके मन में भट्टाचार्य जी को लेकर दबा-दबा आक्रोश हमेशा था। अब भी है। इन लोगों ने उससे लिया ही लिया, दिया क्या? उसे मिला तो एक उसी व्यक्ति से...जिससे फिर वह भी चिपकी रही।

वह व्यक्ति अब दुनिया में नहीं है। जहाँ वह रहती है, यह तो दरो-दीवार वाला घर है, उसका घर तो वह व्यक्ति था...सहारा और प्रेम भी। वह नहीं है, तो वह बेघर ही है।

एक को पकड़कर चली तो शिखर पर पहुँची। बेल अगर एक वृक्ष से लिपटी हुई है तो वह भी तभी तक है, जब तक वह वृक्ष है। वृक्ष नहीं रहा तो बेल भी सूखती चली जाएगी, सूख कर एक रोज़ ज़मीन पर आ गिरेगी...

तो भी क्या!

1980...अपना वृत्त

वह एक का क्या, किसी का भी हाथ पकड़कर नहीं चलेगी...

ऐसा कोई फ़ैसला जैसा था क्या, या जीवन ने वह कर दिया तो अब पीछे देखते हुए वह उसका फ़ैसला ही लगता है? उसकी दोनों लड़कियाँ जो कुछ ज़्यादा ही व्यक्तिवादी, आत्मकेन्द्रित निकलीं—उन पर माँ का ही प्रभाव कहा जाएगा...जबकि उसका कभी यह इरादा नहीं था। वह तो सिर्फ़ इतना चाहती रही कि बच्चियों का अपना अलग व्यक्तित्व विकसित हो, अपने बारे में वे ख़ुद फ़ैसले लें, लेकिन यह भी तो व्यक्तिवादी होना हुआ...जो शायद वह ख़ुद भी थी...काफ़ी कुछ!

अपने लिए उसने कभी ऐसा कुछ नहीं सोचा था। आम भारतीय मध्यवर्ग के परिवार की किसी लड़की की तरह वह साधारण ही थी। जैसे ही पढ़ाई पूरी हुई, विवाह कर दिया गया और वह ससुराल चली आई। अगर व्यक्तिवादी या वैसा कुछ होती तो अपनी मर्जी से शादी करती...कोई अपनी पसन्द तब तक नहीं थी तो इन्तज़ार करती, उसके लिए रुकती, नौकरी करने निकलती...या कुछ भी। उधर एम.ए. का नतीजा आया, इधर माँ-बाप ने उसका ब्याह कर दिया और वह चली आई।

पति दुर्गेश शंकर, उससे भी ज़्यादा साधारण-साधारण नाक-नक़्श, साधारण नौकरी, डिग्री कॉलेज में टीचर। कोई महत्त्वाकांक्षा नहीं। साधारण गृहस्थ वाली ज़िन्दगी बिताना ही...वह भी कोई लक्ष्य-वक्ष्य नहीं, उस तरह लुढ़कते चलना...लेकिन दुर्गेश में एक ज़बरदस्त ख़ूबी थी—वह सुनता था, अपनी राय

साधारणतः नहीं व्यक्त करता, किसी पर थोपने का तो सवाल ही नहीं। शायद उसकी अपनी कोई राय बनती ही नहीं थी। वह ससुराल पहुँची तो कुछ घर के हाल देखकर, कुछ दुर्गेश शंकर के व्यक्तित्व को समझकर उसके कुछ विचार बने जो उसने दुर्गेश शंकर के सामने रखे।

"मैं किसी की आश्रिता होकर नहीं रहना चाहती, आपकी भी नहीं। मैं नौकरी करूँगी...ख़ुद ढूँढ़ लूँगी। दूसरी बात—हमारे बच्चे तभी हों, जब मैं नौकरी करने लगूँ।"

दुर्गेश शंकर के चेहरे पर हैरानी उभर आई। वह तो यही सोचता था कि उसकी छोटी गृहस्थी के लिए उसकी नौकरी काफ़ी थी। आगे चलकर वह किसी न किसी यूनिवर्सिटी में पहुँच ही जाएगा। और क्या चाहिए। पत्नी बाहर क्यों निकले...गृहिणी रहकर पति-बच्चों से जुड़े रहना—क्या यह काफ़ी नहीं है?

लेकिन दुर्गेश शंकर ने सुना, असहमति अगर थी तो ज़ाहिर नहीं की। उसे यह श्रेय जाता है कि उसने पत्नी के विचारों को आदर दिया और उस दिशा में उसकी मदद भी करता रहा। विवाहिता रहते हुए ही उसने सिविल सर्विसेज़ के कम्पटीशन की तैयारी की। मेधावी थी ही, पहली बार में ही चुन ली गई।

उसे कभी नहीं लगा कि वह कुछ गलत या पति को अप्रिय लगने वाला कर रही है। नौकरियों के बन्धनों के कारण अधिकतर वे अलग-अलग शहरों में रहे, लेकिन बीच कहीं साथ भी...अगर दुर्गेश की नौकरी वहाँ हुई जहाँ वह पदस्थ थी, वर्ना दुर्गेश आता-जाता रहता। ट्रेनिंग समाप्त होने पर जब उसकी पहली तैनाती हुई तभी वह बच्चों के लिए मानसिक रूप से तैयार हुई। उनके दो लड़कियाँ हुईं...जल्दी-जल्दी ही क्योंकि विवाह के बाद देर हो चुकी थी...बच्चे जो उम्र ढलने के पहले हो जाएँ, वे स्वस्थ भी अधिक रहते हैं। लड़कियाँ माँ के पास ज़्यादा रहीं क्योंकि स्त्री होने के नाते वही उनकी देखरेख बेहतर कर सकती थी। दूसरे जहाँ वह पदस्थ होती वहाँ अच्छे स्कूल थे और अधिकारी होने के नाते उसके यहाँ सुविधाएँ भी ज़्यादा थीं। बचपन में लड़कियों का

जुड़ाव पिता से ज़्यादा रहा। छुटपन में उनके लिए वह घोड़ा बन जाता, उन्हें कन्धे पर बिठाये-बिठाये घूमता। बच्चियों के साथ के लिए वह नौकरी की भी परवाह नहीं करता था, दूसरे शहर में हुआ तो अनाप-शनाप छुट्टियाँ लेकर उनके पास घर में ही पड़ा रहता। वह बच्चियों का बचपन जीता था या फिर पत्नी की तरफ़ से प्रेम की जो कमी रही, उसे उस तरह से पूरा करता था।

प्रेम हर वक़्त हर किसी को मिलता भी नहीं है। प्रेम पाने या देने के लिए व्यक्ति की बुनावट भी वैसी होनी चाहिए...वहाँ भी एक की कुरेदनें ऐसी हों जो दूसरे में वैसी जगा दें, वे ऐसे समय एक-दूसरे से टकरायें...जब कुरेदनें अंकुरा जाने को हों।

दुर्गेश और उसके सम्बन्ध हमेशा अच्छे चले...इसलिए भी कि उसने जो कहा दुर्गेश मानता चला। पारिवारिक जीवन सुखी रखने के लिए वह बहुत सजग था। उसने यह मान लिया था कि उसकी पत्नी उससे बेहतर सोच लेती है, साधन भी बेहतर जुटा लेती है। उनका वैवाहिक जीवन इसलिए भी अच्छा चला क्योंकि दोनों की ही एक-दूसरे से बहुत अपेक्षाएँ कभी नहीं रहीं और उन्हें दूसरे से जितना चाहिए वह मिलता रहा—दुर्गेश को भौतिक सुख-साधन जो उसकी अकेले की तनख्वाह से नहीं जुट सकते थे और उसे जहाँ-जहाँ पुरुष की ज़रूरत होती थी, दुर्गेश पहुँच जाता था। वे एक-दूसरे के पूरक थे, एक तरह से। परम्परावादी भले सोचते रहें कि उसके परिवार में पति की भूमिका वह निभाती थी, पत्नी की दुर्गेश।

जिन दिनों दूसरी बच्ची पेट में थी, उसके नये बौस जो आए वे आम बौस जैसे नहीं थे। सतीशचन्द्र—उम्र में उससे दस साल ऊपर, लेकिन बातचीत-व्यवहार में उतने ही साल नीचे। व्यक्तित्व उचकता-फुदकता, थोड़ा उच्छृंखल भी। वह असमय बुढ़ापे की तरफ़ जा रही थी और वे जैसे अपनी उम्र को नकारते, पीछे की तरफ़ लौटते हुए। छरहरा शरीर, गोरा रंग। चेहरे पर कुछ भी मशीनी नहीं...जैसा कि आम अफ़सरों में होता है, उल्टे संवेदनशील, पढ़े-लिखे व्यक्ति की छाप। मातहत अफ़सरों के साथ पहली मीटिंग में ही उनका भाषण अलग तरह का था—

'हम तंगदिल, कूपमंडूक अफ़सर न बनें। दफ़्तर के बाहर भी दुनिया है, हमारे घरों के बाहर भी—यह ख़याल रखें। हमारे विचारों में पृथ्वी, प्रकृत्ति, वातावरण, हवा, पानी, पेड़-पौधे...सब होना चाहिए, तभी हम साधारण आदमी का ख़याल ठीक से रख सकते हैं, सही फ़ैसले ले सकते हैं। आज सरकार के प्रति लोगों की जो आम धारणा है वह काफ़ी कुछ सही है...यही कि हम पहले यह सोचते हैं कि लोगों के काम कैसे न किये जाएँ, वह सरकार क्या जो अटकाये-भटकाये नहीं, जहाँ जायज काम भी लटका न दिये जाएँ; जबकि हमारा सोच यहाँ से शुरू होनी चाहिए कि जो व्यक्ति हमारे सामने है उसका काम कैसे हो, उसकी मदद कैसे की जाए...'

जिस तल्खी से वे बोल रहे थे...जैसे वह किसी छोटी पत्तियों वाले घने पेड़ के नीचे बैठी थी, उमस भरे माहौल में नम हवा पत्तियों से छन-छन कर आ रही थी। उस सामूहिक बैठक के बाद सतीश जी ने अपने अफ़सरों को नज़दीक से जानने के लिए उनके साथ अलग-अलग बैठकें अपने कमरे में कीं। सबसे उनकी शिक्षा, परिवार, घरेलू समस्याओं के बारे में पूछ रहे थे। उसकी बारी आई तो वैसी ही साधारण बातचीत के दौरान एकाएक उनका सवाल आया—

"आज आपकी सबसे बड़ी परेशानी क्या है?"

वह सकपका गई।

"कोई नहीं सर! कोई परेशानी नहीं है।"

"अब तक सबसे बड़ी क्या आई?"

"क्या...कोई नहीं।" वह थोड़ा घबरायी अपने इर्दगिर्द देख रही थी।

"वाह! कितनी बड़ी ख़ूबी है यह—आप परेशानियों को परेशानियों की तरह लेती ही नहीं। परेशानियाँ तो आई ही होंगी, सबके जीवन में आती हैं पर आपने उन्हें उस तरह नहीं लिया, सहज ही ऊपर से गुज़र जाने दिया। आपने कभी किसी का बुरा भी नहीं सोचा होगा?"

"ऐसी कभी कोई ज़रूरत ही नहीं पड़ी।"

"तभी तो आपके चेहरे पर यह निश्छलता है...जो आजकल बच्चों के बाहर कहीं आसानी से देखने को नहीं मिलती।"

वह हैरान...ऐसा तो उसने ही अपने बारे में कभी नहीं महसूस किया, उसे तो अपना चेहरा सख्त-सख्त ही लगता था। 'थैंक यू सर!' के अलावा उससे कुछ बोलते नहीं बना।

"सरकारी क्वार्टर है न?"

"जी, मेरे शहर में जो सरकारी मकानों की कालौनी है...उसका तीसरा मकान।"

"पुराना होगा।"

"जी, शुरू में जो पाँच मकान बने थे, उनमें से ही एक है। अब तो कालौनी काफ़ी फैल गई है।"

"तो उनमें क्यों नहीं चेंज करा लेतीं।"

"इस मकान में कोई परेशानी नहीं है।"

"वह तो तुम्हें किसी चीज़ से नहीं है..." वे हँस दिये।

उन दिनों उसकी तैनाती मुफस्सिल में थी, छोटा शहर जहाँ अपने विभाग की वह अकेली अफ़सर थी। कुछ दिनों बाद सतीश जी का वहाँ दौरा हुआ तो सारे इन्तज़ाम उसी को देखने थे, सर्किट हाउस के उस कमरे के भी जहाँ उन्हें ठहरना था। वे आए, कमरे और बालकनी का एक चक्कर लगाकर सोफ़े पर बैठ गए, उसे सामने बैठने का इशारा किया। कमरे में अब सिर्फ़ वे दो थे।

"आपने तो यहाँ मेरी ज़रूरत की एक-एक चीज़ जमा दी है। ख़ुद चाय बनाने की कैटिल, चाय का दीगर सामान, कांच के उस बर्तन में नमकीन बिस्कुट भी। सर्किट हाउसों में यह इन्तज़ाम नहीं मिलता। मुझे चार बजे सुबह चाय पीने की आदत है, उस वक़्त चाय बनाने वाला कहाँ कोई होता है। आपने यह इन्तज़ाम कर दिया...और चाय के साथ मैं नमकीन बिस्कुट ही लेता हूँ... थैंक्स!" फिर वे ऑफ़िस चलने, वहाँ क्या-क्या देखेंगे, किन मुद्दों पर चर्चा होगी...ये बातें करने लगे। बीच में सहसा उठकर उस तक आए और उसके दाएँ गाल को उनके होठों ने छू दिया...'कितना निश्छल है तुम्हारा चेहरा'... और वापस अपनी जगह जा बैठे...

एक पल की होनी वह...लेकिन सिहरन उसके एक-एक रोयें को कितनी देर तक हिलाती रही...जैसे मन्द-मन्द हवा नन्हे पौधों के बीच बहती है। दुर्गेश के अलावा किसी ने कभी उसे इस तरह नहीं छुआ था। दुर्गेश के होठों में भी कभी यह मुलायमियत नहीं थी। उत्तेजक क्षणों का चूमना होता था वह... तेज़-तेज़ घूमने जैसा। यह इतना मुलायम...जैसे बच्चे को चूमते हैं...कि उसे गाल पर चुम्बन भी कैसे कहा जाए!

वह इतनी व्यक्तिवादी तो थी कि वहीं, उसी क्षण एतराज जता सकती थी। उसमें हिम्मत भी थी...लेकिन उसकी धारणाएँ, उसकी हिम्मत...सब पिघल कर पता नहीं कहाँ बह गए थे। भीगी-भीगी बैठी रह गई।

उससे कुछ बोला नहीं जा सका, आगे वे ही बोलते रहे। बाहर आई तो सोचती रही...क्या वाकई वह निश्छल है? यह ज़रूर था कि उसने आज तक किसी को चोट नहीं पहुँचाई, किसी के साथ छल नहीं किया। दुर्गेश के साथ भी जो जैसा रहा, सब उसे पहले से बताकर, उसकी सहमति से ही। वह अपने प्रति सच्ची रही, शायद इसी वजह से उसके चेहरे पर वह रहा, जिसे सतीश जी ने निश्छल कहा। किसी और को ऐसा कुछ कभी नहीं दिखा...उसके अपने महसूसने में भी चेहरे की सख्ती ही आई है, जिसे देखकर लोग उससे दूर-दूर ही रहते हैं!

अगर वह निश्छल थी तो गाल पर उनका वह हल्का चुम्बन भी उतना ही निश्छल था...कोमल-कोमल कि उसके मन में कोई प्रतिशोध नहीं उठा। लगा जैसे यह सबसे बड़ा आदर था जो वे उसे दे सकते थे, जो पहली बार उसे कहीं से मिला। वह बच्ची नहीं थी लेकिन उस समय वह पूरी पिघल गई थी...आने वाले दिनों में भी पिघल-पिघल जाती जब वह प्रकरण याद आता।

आगे उनसे सामान्य रूप से ही बातें होती रहीं...उस दौरे के दरम्यान और जब वे लौट गए तब उनके दफ़्तर के फ़ोन पर भी। जैसे उनके बीच वह अन्तरंग चीज़ कभी हुई ही न थी या उस अनुभूति को दोनों ने ही सहेज कर अपने अन्तरतम में छिपा कर रख लिया था।

मैटरनिटी लीव के लिए उसकी दरख़्वास्त सतीश जी के सामने पहुँची तो उनका फ़ोन आया...

"कब ड्यू है?" उन्होंने पूछा।

उसने तारीख़ बताई—"एक हफ्ता पहले से छुट्टी ले रही हूँ सर!"

"थोड़ा ज़्यादा पहले से नहीं लेना चाहिए थी?" उनके स्वर में चिन्ता थी।

"ज़रूरत नहीं है...डॉक्टर से पूछकर ही तारीख़ें तय की हैं और उन्हीं के अनुसार दरख़्वास्त लगायी है।"

"ओ.के.। पूरी रिलैक्स रहो, चार्ज सोमय्या को देकर घर पर आराम करना। लिखित आदेश तब तक न पहुँचे, तो भी। जिस दिन हस्पताल में एडमिट होने जा रही हो, मुझे सवेरे फ़ोन कर देना..."

उसके मुँह से सिर्फ़ 'जी' निकला। वे ऐसे बातें कर रहे थे जैसे कब के परिचित थे। हस्पताल जाने के दिन सवेरे उन्हें फ़ोन करना वह नहीं भूली।

"कितने बजे हस्तपाल के लिए निकलोगी?"

"ग्यारह-साढ़े ग्यारह बजे..."

"कोई इमर्जेंसी तो नहीं है?"

"नहीं, सब नौर्मल है, कल ही डॉक्टर से मिली थी। डिलीवरी की उम्मीद परसों की है।"

"अच्छा...मैं तुम्हारे घर ग्यारह बजे पहुंच जाऊँगा...दस किलोमीटर ही तो है, तुम्हें हस्पताल पहुँचा आऊँगा।"

"दुर्गेश हैं सर..."

"अच्छा है, तुम और तुम्हारा होने वाला बच्चा भी तो दो हैं, तो तुम्हें सँभालने वाले भी दो होना चाहिए।"

वह कुछ न कह सकी। दुर्गेश को बताया, कैफियत दी कि सर सोचते होंगे कि हमारे पास कार नहीं है तो उनकी स्टाफ कार की सुविधा उनके मातहत अफ़सरों को भी मिलना चाहिए। पास ही दौरे पर थे।

सतीश जी दुर्गेश से गर्मजोशी से मिले। उन्होंने दुर्गेश और उसे पीछे बिठाया, ख़ुद ड्राइवर के बगल में बैठे। हस्पताल के कम्पाउंड में कार छोड़,

वे उसके और दुर्गेश के साथ उतर आए। एक जगह सीढ़ियों से उतरना था। दुर्गेश था, लेकिन उसका हाथ सतीश जी की तरफ़ बढ़ गया जो उसके बगल में चल रहे थे। उन्होंने भी बेझिझक उसके हाथ को अपने हाथ में ले लिया, सीढ़ियाँ उतरने में सहारा दिया, तब तक हाथ लिए रहे जब तक वह बैड तक नहीं पहुँच गई। बैड पाते ही वह लेट गई, थक गई थी।

"आप तो यहीं रहेंगे?" सतीश जी ने दुर्गेश से पूछा, दुर्गेश ने मुस्कुराकर सिर हिला दिया।

"आपके खाने-पीने की व्यवस्था?"

"यहाँ सब है, सोने के लिए यह..." दुर्गेश ने कमरे में लगी गद्‌देदार बेंच की तरफ़ इशारा किया। "बीच-बीच में बड़ी बेटी को देख आया करूँगा। वैसे मेड है उसकी देखभाल के लिए। वह उसे पड़ोस के एक दोस्त के यहाँ भी ले जाती है। उनसे बहुत हिली हुई है। कभी उसे भी माँ से मिलाने यहाँ ले आऊँगा।"

"ठीक...मेरा यह कार्ड रख लीजिए। कोई दिक्कत हो तो मुझे कभी किसी भी चीज़ के लिए फ़ोन कर सकते हैं। फिर वे बैड पर लेटी उसकी तरफ़ आए, झुककर उससे कहा—"ओ.के....बेस्ट औफ लक।"

वह सिर्फ़ मुस्कुरा दी। 'थैंक्स' भी मुँह पर नहीं आया, जैसे मानकर चलने लगी थी कि यह सब उन्हें करना ही था। उसकी जगह दुर्गेश ने उन्हें थैंक्स दिया, वह उन्हें कार तक विदा करने भी गया।

डिलीवरी के बाद उसने दुर्गेश से सतीश जी को भी फ़ोन कर बता देने के लिए कहा। शाम को वे उसे देखने आए। दुर्गेश तब कहीं बाहर था। वह सोने की मुद्रा में थी, नवजात बच्ची बगल के झूले पर। अपने माथे पर उनकी हथेली का स्पर्श उसने महसूस किया। वैसा ही कोमल, स्नेहिल जैसे उस दिन गाल पर उनके होंठ थे। हथेली जितनी देर वहाँ रही, वह आँखें बन्द किये स्पर्श का सुख लेती रही। वह आँखें खोलती तो हथेली माथे से उठ जाती। उन्हें यही लगता रहा जैसे वह सो रही है, जगाना ठीक नहीं होगा।

कुछ ही देर में वे कमरे के बाहर हो गए। तब तक दुर्गेश आ गया था। दोनों बाहर कुछ देर बातें करते रहे। फिर वे चले गए।

घर आ जाने के बाद, उसकी बची छुट्टियों के बीच सतीश जी दो-तीन बार घर आए। बच्ची के माथे पर हथेली रख उसे आशीर्वाद देते, फिर उसके पास आते, उसके सिर पर हाथ रखते, दुर्गेश हुआ तो भी। बच्ची पर उनकी हथेली, कोमल एक पल को ठहरती, लेकिन उसके सिर पर उनका हाथ ठहरा नहीं रहता, उसके बालों से होता, गर्दन के पीछे उतरता हुआ जड़ तक जाता। जहाँ गर्दन पीठ से जुड़ती है वहाँ हथेली की जगह उनकी उँगलियाँ आकर गर्दन की जड़ को सहला जातीं। कितनी सुखद अनुभूति! दुर्गेश अपनी छुट्टियाँ ख़त्म होने तक रुका, फिर अपनी नौकरी वाले शहर चला गया। बच्चियों को सँभालने के लिए मेड थी ही। सतीश जी दस-पन्द्रह दिनों में ज़रूर आते। वह उनके लिए कॉफ़ी बनाती, नमकीन रख देती। एक बार इतवार को लंच के समय आ गए तो उसने खाने का जो भी घर में था...उनके सामने रख दिया...

"पूरा खाना?" वे चौंके।

"लंच का समय है।"

उसने ठंडे-ठंडे कहा, जिसे आदेश मान वे चुपचाप खा गए...वे, उसके बौस!

दोनों के बीच एक नैसर्गिकता आ गई थी...जैसे वे बौस-मातहत नहीं, एक विभाग में साथ काम कर रहे दोस्त थे। सतीश जी शाम को ही अमूनन आते थे, वे ड्राइंगरूम में बैठते। मेड बच्ची को प्राम में लिटाकर बड़ी बेटी को साथ लिए पास के पार्क में चली जाती...और वे दो अकेले ही होते। उनसे अन्तरंगता बढ़ती चली गई। उसके साथ कुछ नया हो रहा था। एक दिन उसने कागज़ पर अपनी भावनाओं को लिखकर समझने की कोशिश भी की—'यह साथ...मुझमें कुछ जोड़ रहा है...मैं समझ नहीं पा रही हूँ, लेकिन यह जो भी है, सुन्दर है, जीवन के नये अर्थ खुल रहे हैं। मैं सोचने लगी हूँ...'

उन्हें दिखाया तो पढ़कर उन्होंने उसके गाल थपथपा दिये थे। क्या वे भी समझ पाए होंगे?

आज सोचकर हैरत होती है—ऐसे सम्बन्ध क्या कभी ख़त्म हो सकते हैं? ख़त्म होते भी नहीं हैं—कभी भी अगर दोनों कहीं मिलें तो वहीं जा बैठेंगे जहाँ तब थे। मिलना बन्द हो जाता है तो ख़त्म होने जैसा लगता है।

उनका मिलना बन्द हो गया जब सतीश जी पदोन्नति पर दिल्ली चले गए। दोनों अपनी-अपनी सर्विस की व्यस्तताओं से घिर गए। कुछ दिनों फ़ोन पर बातें होती रहीं जो धीरे-धीरे औपचारिक स्तर पर उतर आईं, फिर बन्द हो गईं। फ़ोन उन्हीं के आते थे, जब भी। अपनी तरफ़ से वह कभी नहीं करती थी। जब कभी ऐसी इच्छा उठती तो उसे मिसरी की तरह मुँह में डाले मिठास चूसती हुई घूमती रहती। इच्छा घुलकर बिला जाती। धीरे-धीरे उनके भी फ़ोन आना बन्द हो गए। उसके मन में कोई शिकायत नहीं उठी...उनकी व्यस्तताएँ बढ़ गई होंगी! वे बड़े पद पर थे और वह कभी भी किसी सहायता के लिए उनके पास जा सकती थी...और वे करते भी, लेकिन वह कभी नहीं गई। एक बार तो उसका तबादला एक ऊटपटाँग जगह हो गया। दुर्गेश ने भी बहुत ज़ोर दिया कि वह जाकर सतीश जी से मिले। वे कैंसिल भी करा देते...लेकिन वह नहीं गई। उसे किसी का सहारा लेना गवारा नहीं था...ज़्यादा गरिमामय था नई परिस्थितियों में ख़ुद को रचा-बसा लेना। उसकी यही दृष्टि नये, बदले हुए समय को लेकर रही...उसे स्वीकार करना और उसके अनुसार ख़ुद को ढाल लेना। सतीश जी रिटायर हुए तो अब उनके पास समय ही समय था। उनकी पत्नी का देहान्त पहले ही हो चुका था, लेकिन तब दफ़्तर की व्यवस्तताएँ उन्हें बाँधे रखती होंगी। अब वे अक्सर फ़ोन करते...पुराने समय को फिर से जीने के लिए बेचैन। वह किनारा कर लेती, सूखी-सूखी बातें करती...सतीश जी की बातें लिपटाने चलती, उनका भी जवाब वह एक सूखी हँसी में देती—जानती थी कि पुराने समय को लौटाकर नहीं लाया जा सकता...अब न वह समय था, न वे दोनों ही वही रहे थे, इसे स्वीकार कर लेना चाहिए। धीरे-धीरे सतीश जी ने भी शायद यह समझा, उनके फ़ोन आना बन्द हो गए।

उसे पता नहीं चला, उसने जानने की कभी कोशिश भी नहीं की थी कि दरम्यान दुर्गेश भीतर से और कुंठित होता चला गया है। हीनता-बोध जो दुर्गेश

में उसे लेकर शुरू से ही था—वह अफ़सर, दुर्गेश प्राध्यापक—वह गहराता चला गया था, उन दिनों से ख़ासतौर पर जब सतीश जी उसके यहाँ आने-जाने लगे थे। हल्का अहसास जैसे ही उसे हुआ था, उसने ख़ुद को सँभाला। शायद यह भी एक वजह रही होगी कि सतीश जी के रिटायरमैंट के बाद उसने उनसे दूरी बना ली थी।

हादसा जो हुआ...वह सतीश जी के रिटायरमैंट के बाद का है। उन दोनों की बातचीत कब की बन्द थी, मिलना उनके दिल्ली जाने के बाद एक बार भी नहीं हुआ था। अब वे अलग-अलग शहरों में थे। तब उसकी पोस्टिंग एक महानगर में थी। यहाँ वह लम्बे समय तक रहने वाली थी, तो दुर्गेश भी प्राध्यापकी छोड़कर उसी महानगर के एक संस्थान में नई नौकरी पर आ गया था...कि यहाँ परिवार के साथ रह सकेगा।

दोनों बच्चियाँ बड़ी हो गई थीं, बड़ी कॉलेज में, छोटी दसवीं में थी। एक बहुमंजलीय इमारत की दसवीं मंजिल पर उनका सरकारी फ़्लैट था। दुर्गेश आदतन, बाल्कनी की बाहरी रेलिंग पर एक तरफ़ की दीवार से टिका बैठा था—जैसे वह यूनिवर्सिटी में पढ़ाई के दौरान हॉस्टल के बरामदे की रेलिंग पर बैठा करता था। दोनों पैर ऊपर रखे सिगरिट पी रहा था कि किसी क्षण उसका सन्तुलन बिगड़ा और वह धड़ाम से नीचे आ गिरा। तत्काल मृत्यु।

वह दफ़्तर में थी। बड़ी बेटी कॉलेज से नहीं लौटी थी। मेड के साथ छोटी ही घर पर थी, उसने ही उसे फ़ोन पर खबर दी थी। वह दौड़ी-दौड़ी आई। तब तक नीचे दुर्गेश की लाश पड़ी थी, इर्द-गिर्द लोग जमा थे, पुलिस थी। दुर्गेश के मुँह के एक किनारे और सिर के पीछे से धरती पर बहा खून सूख रहा था। पुलिस ने उसे सैल्यूट किया और पोस्टमार्टम के लिए ले जाने की आज्ञा माँगी। दुर्गेश को उस हालत में देख उसके आँसू उमड़े चले आ रहे थे, लेकिन उसने ख़ुद को सँभाला और पुलिस को अपना काम करने को कह दिया। आख़िर अफ़सर थी।

हादसे के समय वह घर पर नहीं थी। उनकी प्रतिष्ठा सुखी परिवार की थी। पुलिस ने मेड और छोटी के संक्षिप्त बयान लिए। सभी से हादसे की पुष्टि हुई।

आत्महत्या का शक...उसके ही भीतर उठा, वह भी काफ़ी समय बाद, बहुत ही महीन। अगर दुर्गेश की कुंठा उसके अफ़सर होने को लेकर थी तो कितने वर्षों से वे साथ रह रहे थे, कभी कोई वैसी बात नहीं उठी। उसके सम्बन्ध सिर्फ़ एक...सतीश जी से हुए, वे भी कितने थोड़े समय के लिए। अब वे रिटायर हो चुके थे और उनका मिलना-जुलना तो कितना पहले से बन्द था। आख़िर वह इसी नतीजे पर पहुँची थी कि दुर्गेश शुरू से ही लापरवाह था, अपनी ज़िन्दगी से भी लापरवाह...कहीं उस तरह बाल्कनी पर बैठा जाता है? फिर हादसे तो हादसे ही होते हैं!

तक़रीबन एक महीने बाद सतीश जी संवेदना व्यक्त करने उसके घर आए थे। उनके पास होते ही वह ख़ुद को सँभाल न सकी, रोती चली गई। पुराना समय होता तो वे उसे चिपका कर थपथपाते...अब अपना रूमाल निकाल उसकी तरफ़ बढ़ा दिया, जिसे लेकर उसने अपने आँसू पोंछे।

"बच्चियों को धक्का लगा होगा। वह उनसे बहुत जुड़ा था।"

"तभी जब वे छोटी थीं, बड़ी होने पर वे उससे दूर हो गई थीं। शराब बहुत पीने लगे थे।"

"तुम्हें कोई अपराधबोध तो नहीं है?"

"बिलकुल नहीं। जितना मुझसे हो सकता था, उतना उसका किया। हाँ, अपनी ज़िन्दगी का भी ख़याल रखा, आख़िर मेरी ज़िन्दगी, मेरी ज़िन्दगी थी। अब मैं अफ़सर हुई, तरक्की करती चली गई तो क्या कोई पति की खातिर अपना विकास रोक देता है? मैंने अपने काम और बच्चियों की परवरिश के साथ-साथ...उसकी भी देखरेख की...जहाँ तक कर सकती थी। उसे बच्चे की तरह लिए-लिए तो नहीं घूम सकती थी? कोई पीने की लत डाल ले...तो क्या किया जा सकता है?"

"उसके कोई दोस्त थे?"

"वह उस तरह का कभी नहीं था, वह क्या, मैं ही दोस्त बनाने वाली कहाँ हूँ।"

"महानगर का अकेलापन उसे सालता होगा...तुम अलग व्यस्त, बच्चियाँ बड़ी हो गई थीं।"

"आप आत्महत्या की बात सोच रहे हैं क्या?"

"तुम्हें क्या लगता है?"

"आत्महत्या क्यों करेगा? उसे किस बात की कमी थी। बच्चियों की शिक्षा के लिए उसे कुछ नहीं करना पड़ता था, मेरी तनख्वाह से सब होता था। स्कूल-कॉलेज में दाखिला...सब बच्चियों की मैरिट और मेरे प्रभाव से हो जाते थे। मैंने उससे कभी रुपये नहीं माँगे। यह मेरे आत्मसम्मान के ख़िलाफ़ था।"

"फिर अपनी तनख्वाह का वह क्या करता होगा...सिगरिट, शराब!"

"हर व्यक्ति को आख़िर अपना जीवन ख़ुद ही सँभालना होता है। यह उस पर था कि अपने अन्दर कोई हीन-भावना न आने दे। वह बच्चों के भविष्य के बारे में सोचता, उन्हें शिक्षा के लिए विदेश भेजने की प्लान बनाता, उनसे डिस्कस करता...लेकिन वह तो दफ़्तर से लौटकर तैयार हो पीने बैठ जाता था, जिससे बच्चियाँ भी उससे दूर हो गईं, जो एक वक़्त उससे जुड़ी हुई थीं।"

"क्या मुझे लेकर कोई परेशानी थी?"

"उसके मुँह से कभी ऐसी कोई बात नहीं निकली...फिर इधर तो हमारा मिलना-जुलना ही कहाँ रहा था!"

दोनों के बीच एक छाया आ बैठी थी। जैसे दुर्गेश जब था तब वह उन दो के दरम्यान कभी नहीं होता था, अब जब वह नहीं था तो जैसे हमेशा था। सतीश जी और वह...चाहे जितना चाहें, पहले जैसे नहीं हो सकते थे!

अब तो और भी—जब वह भी रिटायर हो चुकी है। सतीश जी और वह अलग-अलग शहरों में हैं। उनके फ़ोन कभी-कभी आते हैं, वही नहीं उठाती। एक बार उठा लिया था तो कह रहे थे—'हम अब भी एक-दूसरे को बहुत कुछ दे सकते हैं।' उसने सुन लिया, जैसे वे कभी आएँ तो साथ बैठेगी भी। वे नहीं आए। उसकी तरफ़ से ठंडा व्यवहार जो उन्हें मिलता है। वह क्या करे अगर उसमें ही कुछ नहीं उगता अब। उतनी बूढ़ी नहीं हुई है, लेकिन अन्दर बुढ़ा जाने का अहसास कुछ ज़्यादा ही धँसकर बैठ गया है। सतीश जी का वह थोड़े समय का साथ...उसका प्रकाश आज भी भीतर दिपदिपाता है।

उनके साथ जो अनुभूतियाँ हुईं...एक उन्हीं के साथ हुईं, लेकिन एक उम्र होती है...उन्हें तब जी लिया!

उसके जीवन में दो ही पुरुष रहे—दुर्गेश और सतीश जी। ये दो भी यों कि घुस आए—एक विवाह से, दूसरा एक ही विभाग के होने वाले इत्तिफाक से। वह इनके पीछे नहीं गई थी। वह तो ऐसी बनी थी कि उसे आदमी का सहारा लेने, हाथ पकड़ने से ही परहेज था। विवाह के बाद बच्चियों की परवरिश में भी उसने कभी दुर्गेश की तरफ़ नहीं ताका। ऐसी स्थितियाँ...हस्पताल वगैरह, जहाँ वह थोड़ी परवश होती, वहाँ भी ख़ुद अपने बल पर चलने को तैयार रहती, पीछे उसका पद भी होता था। सतीश जी से भी उसने कभी कोई मदद नहीं ली।

नंदिनी और कीर्ति।

दोनों ही स्वतंत्र तबीयत की हैं, उनकी परवरिश ही उस तरह की हुई है। स्कूली शिक्षा ख़त्म होने के बाद दुर्गेश उनकी पढ़ाई से दूर रहा ही, वह ख़ुद भी लड़कियों के कामों में दखल कम-से-कम करती। वे बस से आएँ-जाएँ, जिस इम्तहान की जैसे चाहें तैयारियाँ करें, जहाँ चाहें एडमीशन लें, कम्प्यूटर, इंटरनेट, डब्ल्यू.डब्ल्यू.डब्ल्यू. आदि से ख़ुद निपटें-सुलझें। पैसे जो चाहिए उसे बता दें...बस। नंदिनी ने कम्पटीशन में बैठ ख़ुद एक लॉ कॉलेज में दाखिला पाया, कॉलेज कैम्पस से ही उसे एक कम्पनी ने चुन लिया गया, एक साल नौकरी की, फिर उसे लगा कि उसे अपनी शैक्षिक योग्यता और बढ़ा लेना चाहिए, विदेश में पढ़ना चाहिए तो ख़ुद ही तलाश कर अमेरिका की एक यूनिवर्सिटी में दाखिला लिया और चली गई। माँ का उसके निर्णय में कोई दखल नहीं। नंदिनी सूचना देती रहती, वह सुन लेती थी...जहाँ उसकी ज़रूरत हुई, कर देती...जैसे कि एजुकेशन लोन के लिए बैंक में जो कारवाई होना थी, वीज़ा दिलाने साथ चली गई। नंदिनी ने विदेश की पढ़ाई पूरी कर ली है, उसे वहाँ जौब भी मिल गया है, वह भारत लौटेगी, इसमें संशय है। अपनी तरफ़ से वह उसे कोई सलाह नहीं देती। नंदिनी बत्तीस की हो रही है...शादी क्या करेगी, उसकी कार्यसूची में ही नहीं है। कीर्ति भी उसी रास्ते चल रही है।

उसने लॉ नहीं, इक्नौमिक्स की लाइन पकड़ी है। दुर्गेश-हादसे के बाद जब सतीश जी आए थे, तब कीर्ति घर पर ही थी। अपने कमरे में घुसी रही इंटरनेट को खँगालती। बाहर निकली जब वे जा रहे थे। उन्होंने उसके सिर पर हाथ रखा और कहा..."जब तुम दुनिया में आईं तब तुम्हारा स्वागत हस्पताल में मैंने किया था।" कीर्ति को मालूम है कि एक वक़्त सतीश जी और माँ एक-दूसरे के क़रीब थे, उसने ही बेटी को बताया था।

नंदिनी और कीर्ति पर वह थोड़ी-बहुत अपनी छाप देख सकती है। अपने बल पर आगे बढ़ना, सहारे के लिए किसी की तरफ़ न ताकना...दोनों लड़कियों ने आत्मसात किया है। उनके यहाँ भी अकेलापन है, जैसा कि उसके अपने जीवन में रहा है, सतीश जी के साथ वाला थोड़ा समय छोड़कर। उसने वह साथ भी ऐसा नहीं होने दिया कि उसी पर निर्भर रहती, उसी की तरफ़ तकती बैठी रहती...या उस जैसे के लिए लालायित रहती।

नंदिनी, कीर्ति को देखकर एक अफ़सोस उसे ज़रूर होता है। इन लड़कियों को न लड़कपन मिला, न यौवन। लड़कपन में उन्हें खेलने-कूदने को हमउम्र बच्चे नहीं मिले, स्कूल में ही उनसे सम्पर्क रहा होगा, जितना भी। घर में दुर्गेश ही था जो जब घर पर होता उन्हें खिलाने पार्क ले जाता था या फिर मेड। लड़कियाँ यौवन पार कर रही हैं और प्रेम का कोई झोंका उन तक नहीं आया... जैसा उसके साथ कम-से-कम सतीश जी के आने पर हुआ, वह प्रेम के महत्त्व को समझ सकी। लड़कियों के आगे विदेश है...तो वहाँ प्रेम वैसे भी नहीं है। इस अनुभूति से शून्य रह जाएँगी ये। उनका विवाह...परिवार होगा...वह भी एक बड़ा प्रश्नचिह्न है। उसका हो सका, यों कि स्वतंत्रता उसके व्यक्तित्व में पैठती, उसके पहले ही वह विवाह के बन्धन में आ गई थी। ये लड़कियाँ... नापेंगी, तौलेंगी, डेटिंग...जब तक, जब तक किसी फ़ैसले पर आएँ...अलग हो जाएँगी, ऐसे ही रहेंगी। परिवार-बच्चे नहीं होंगे।

तो भी क्या फ़र्क़ होगा। पति होता भी तो दूरी रहती ही, जैसे कि उसके जीवन में दुर्गेश के साथ रही। बच्चे हुए भी तो उनके जीवन में उनका दखल तो नहीं ही रहेगा...उसका ही नंदिनी-कीर्ति के जीवन में क्या रहा...और बुढ़ापे

में जैसे वह अकेली है, ये भी होंगी। विदेश में तो फिर भी बूढ़ों को सहारा देने के लिए स्टेट है...यहाँ क्या है...

नंदिनी को अमेरिका में ग्रीनकार्ड मिल गया है। कीर्ति दिल्ली स्कूल ऑफ़ इक्नौमिक्स में पढ़ रही है, वहाँ हॉस्टल में रहती है, नंदिनी के सम्पर्क में है। नंदिनी उसे भी खींच लेगी। कीर्ति की ज़िन्दगी भी वैसी ही चलेगी जैसी नंदिनी की। एक ही तो पैटर्न है।

वह यहीं से लड़कियों से फ़ोन पर कभी-कभार बातचीत करती रहेगी, जैसे अभी नंदिनी से करती है। दो में से किसी ने शादी की, उसे बुलाया तो चली जाएगी। किसी को बच्चा हुआ तब तो ज़रूर बुलाया जाएगा क्योंकि बच्चे को देखने के लिए भारत से कोई चाहिए, वहाँ पति-पत्नी दोनों काम पर जो जाते हैं। वह चली जाएगी...जीवित रही, उतनी लम्बी यात्रा करने लायक रही तो...

उसे कोई पश्चाताप नहीं है। जो सामने आया, वह करती चली, आगा-पीछा बहुत नहीं देखा-सोचा। दुर्गेश मिला तो उसके साथ चली, हाँ अपनी शर्तों पर। सतीश जी आए तो उनका साथ लिया। न उसने किसी को बुलाया, न पीछा किया और न अपनी ज़िन्दगी से निकाला ही। नंदिनी ख़ुद निकली, वह यहाँ माँ के साथ ही रहे...ऐसी मिन्नतें उसने नहीं की, कीर्ति से भी नहीं करेगी...

कि एक रोज़ सतीश जी एकाएक प्रकट हो गए, ऐसे ही बिना कोई सूचना दिये, जैसे बहुत पहले आया करते थे, कभी भी। वह चौंक गई...

"अरे, कोई खबर नहीं?"

"फ़ोन तुम उठाती नहीं, खबर देता तो मना कर देतीं।"

"यहाँ का पता कैसे मिला?"

"विभाग की डायरी में दर्ज नहीं है—रिटायर्ड अफ़सरों के पते?"

उनके सिर के बाल सारे के सारे सफेद हो गए थे। आँखों के नीचे गड्ढे थे...ऐनक को थामने वाले, उम्र के भी। वे ड्राइंग रूम में बैठ गए। वह कॉफ़ी बनाकर ले आई।

"और...? तुमने रिटायरमेंट के बाद कैसे एडजस्ट किया है यहाँ?"

"कोई कोशिश जैसी नहीं करना पड़ी। पुणे यों भी रिटायर्ड लोगों का शहर है, जैसे मुम्बई काम करने वालों का। यह फ़्लैट पहले ही ले लिया था, यह शहर मुझे शुरू से ही अच्छा लगता था...ज़िन्दगी की रफ़्तार न बहुत तेज़, न धीमी।

"बच्चियाँ कहाँ हैं?"

"बड़ी अमेरिका जा चुकी, वहाँ जॉब पर है। छोटी दिल्ली में है, हॉस्टल में...लेकिन वह भी अमेरिका ही पहुँचेगी, देर-सवेर।"

"कैसा इत्तेफ़ाक! मेरे भी दोनों बच्चे अमेरिका में हैं। अपने-अपने परिवारों के साथ अमेरिकी जीवन जी रहे हैं। अपने देश में नौजवानों को उनके मन-मुताबिक काम नहीं मिलता।"

कुछ देर वैसी ही दीगर बातें चलती रहीं। सतीश जी में पहले जैसी उत्फुल्लता नहीं रह गई थी, उसकी जगह वहाँ सब कुछ जमा-जमा, ठहरा हुआ निकल आया था। अब वे रह-रहकर गम्भीर हो जाते थे, आख़िर झटके में कह गए जो कहने आए थे...

"इधर बड़ा अकेला महसूस करने लगा हूँ। हम दोनों की परिस्थितियाँ एक जैसी हैं। क्या साथ रहकर हम इस दौर का अकेलापन नहीं भर सकते?"

वह सन्न...उनकी तरफ़ देखने लगी। उम्र ने जो उनके साथ किया था, वह सामने था। उसके साथ भी कुछ ऐसा ही किया होगा, भले ही उसे दिखाई न देता हो। उम्र को वह पहले से ही महसूस करने लगी थी, अभ्यस्त थी तो अकेलापन महसूस नहीं किया। फिर भी एकाएक आया वह प्रस्ताव सुखद था...कुछ पलों तक वह सतीश जी को वैसे ही देखती रही गई, एकटक... क्या वे दोनों उस तरह रह सकते हैं, चौबीसों घंटे साथ...ऐसे कभी रहे नहीं, ज़्यादा से ज़्यादा दो-तीन घंटे ही...बेशक उसे कभी यह नहीं लगा कि वे जाएँ और उनका मन भी हमेशा थोड़ी देर और बैठने का रहा आया।

"बहुत स्वाभाविक तो नहीं होगा वह...जैसे पसरी हुई धूप से बचने के लिए हम किसी छायादार जगह जा बैठने के लिए दौड़ पड़ें। मैं अकेलापन महसूस नहीं करती, कभी नहीं किया, दुर्गेश के जाने के बाद भी नहीं...शायद

इसलिए कि शुरू से ही मैं अपने साथ ही जीने की आदी रही हूँ। हमें अपना अकेलापन ख़ुद ही भरना होता है और अपने अलग-अलग तरीक़ों से ही।"

"वह तो हर कोई करता ही है...लेकिन मनुष्य तो चाहिए। तुम्हें शायद हमारी उम्र का फासला खटकता हो।"

"इस उम्र में वह बहुत मायने की चीज़ नहीं रहती...लेकिन किसी दूसरे व्यक्ति से भरा जाता अकेलापन...?"

"हम कोई 'दूसरे' नहीं हैं...न तुम मेरे लिए, न मैं तुम्हारे लिए।"

"वह ठीक है, लेकिन इससे भी इन्कार नहीं किया जा सकता कि लौटते हम ख़ुद पर ही हैं, जैसे कि कोई भी।"

"अकेलापन पूरा न भी भरा जा सके, अंशत: तो भर ही सकता है। तुम भाग्यशाली हो, तुम्हें अकेलापन नहीं सालता।"

निराशा की छाया सतीश जी के चेहरे पर पड़ रही थी। उसने जहाँ तक सम्भव हुआ, अपनी बात बहुत सलीके से रखी थी। वह जानती है—वह उन्हें कुछ नहीं दे सकेगी...वह वैसी बनी ही नहीं है कि किसी को कुछ दे सके। उन्हें सान्त्वना देने के ख़याल से उसने दूसरे पक्ष भी उनके सामने रखे—

"सही है कि हमारे बच्चे अमेरिका में ही रहेंगे, उनके पास हमारे लिए समय नहीं होगा...लेकिन एक उसी वजह से हम उनके लिए अपने दरवाज़े-खिड़कियाँ ही बन्द कर लें? वे हमारा खून हैं, चाहे जितना दूर रहें, जितना कम मिलें...वे हमें, हम उन्हें तक तो सकते हैं। धागे हमें बाँधे रहेंगे। उनके किसी अपरिचित को हमने घर में बिठा लिया तो वे धागे टूट जाएँगे। फिर हम दूसरी तरह से अकेले हो जाएँगे...शायद और भी ज़्यादा।

साथ रहना शुरू करने की एक उम्र होती है, जब हममें एडजस्ट करने के लिए जो लचीलापन चाहिए, वह प्रकृति द्वारा दिया हुआ होता है। अब तक हममें अपने-अपने साँचों का कड़ियलपन आ बैठा है। आप और मैं साथ उठे-बैठे भी कितना हैं!"

"शुरू में हम ये दोनों घर रख सकते हैं, आते-जाते रहेंगे।"

"वह तो और भी ख़राब होगा—न घर के न घाट के। हमें ही अपने विश्वास की कमी खटकने लगेगी। अच्छा यही है कि वह थोड़ा समय जो हमने साथ गुज़ारा, उसकी रोशनी में अब भी एक-दूसरे को दूर से देखते हुए, उसकी प्रीति महसूस करते हुए हम अपने-अपने वृत्तों में जीते चलें..."

बहुत आश्वस्त तो नहीं हुए वे। कुछ देर और जो बैठे तो इसलिए ही कि उनकी निराशा ढकी-मुंदी रहे। फिर न उन्होंने थोड़ा और रुकने की इच्छा जाहिर की, न उसी ने रोका। जाते समय उसने कहा...

"फ़ोन करते रहिएगा, मैं भी करूँगी। हम दोनों ही रिटायर्ड हैं तो अब सम्पर्क में ज़्यादा रहेंगे।"

उनके चेहरे पर एक बुझी-बुझी मुस्कान तैर गई...दोनों ही जानते थे कि वही अपना यह वायदा ठीक से नहीं निभा पाएगी।

रिटायरमेंट के बाद...उम्र की ढलान पर पुराना घर ढह जाने पर...फिर उसे बसाने की कवायद। वे पहली उम्र में मिले होते तो शायद... बीच उम्र के प्रेमी को ला बिठाने भर से घर घर हो जाता है क्या! वे एक-दूसरे के मन का कहाँ तक कर सकेंगे, कोशिशें ही प्रेम को सुखा नहीं डालेंगी?

सन्देह के बादलों में ख़ुद को डाल देने के बजाय...उसे जो चाहिए वह ख़ुद से ही ले। वह ख़ुद ही अपना घर है।

2000...दैन आउट यू...

हमें लोग थोड़े समय के लिए ही पसन्द आते हैं। यह सभी के साथ होता होगा—आदमियों का आदमियों के साथ, औरतों का औरतों के साथ, आदमियों का औरतों और औरतों का आदमियों के साथ...

मीता को मानना पड़ता है कि एक वक़्त वह उसे पसन्द क्या, बहुत पसन्द था। वह—प्रोफ़ेसर गोपेश्वर, जिसे वहाँ सभी जानते थे और कितनी उस जैसी लड़कियाँ मन ही मन उसे चाहती भी रही होंगी। छरहरी काया, गोरा रंग, बुद्धि के तेज़ से चमकती आँखें। उम्र चालीसेक। जिस विषय में मीता एम.ए. फाइनल कर रही थी, उसमें बिला शक वह वहाँ सबसे ज़्यादा पढ़ा-लिखा व्यक्ति था। वह एक छोटा कस्बा था, जहाँ समय रेंग-रेंग कर चलता था, पुराना जो अब भी ठहरा हुआ था, उसे धीरे-धीरे अपदस्थ करते हुए। स्थानीय स्नातकोत्तर कॉलेज सिर्फ़ एक, वहाँ वही एक विरला प्रोफ़ेसर जो किताबें भी लिखता था, जिसकी किताबें छपती थीं, बाहर जिसका नाम भी था। मीता अभिभूत...

"सर! मैं आप जैसा बनना चाहती हूँ।"

चश्मे के पार से प्रोफ़ेसर ने उसे गौर से देखा, आँखें थोड़ा मुस्कुरायीं—"तो एम.ए. के बाद तुम्हें पीएच.डी. करना चाहिए। मैं तुम्हें अच्छा विषय सुझाऊँगा, तुम्हें गाइड करूँगा।"

इस काम से वे बचते थे क्योंकि इससे उनके लिखने-पढ़ने में व्यवधान पड़ता था, लेकिन मीता के लिए वे करेंगे क्योंकि कॉलेज में अगर अपनी तरह के वे एक थे तो छात्र-छात्राओं में वह भी एक—लड़की, सुन्दर, नई उम्र।

जोड़ी अच्छी थी...इतना सब हो चुकने के बाद आज भी याद आने पर मीता के होठों पर मुस्कुराहट तैर जाती है।

घर में एतराज के स्वर उठना शुरू हुए जब वह प्रोफ़ेसर के घर आने-जाने लगी, कभी-कभी देर से लौटती। वह ज़ोर देकर सबको समझाती—'दिन में सर कॉलेज की कक्षाएँ लेने में व्यस्त रहते हैं, कॉलेज के बाद का ही समय बचता है, उसके लिए मुश्किल से निकाल पाते हैं।' जो नहीं बताती थी वह यह कि वह प्रोफ़ेसर के घर के दीगर काम भी करने लगी है।

प्रोफ़ेसर गोपेश्वर विवाहित थे। पत्नी एक बच्चे के साथ गाँव में रहती थी। वे लोग यहाँ रहें तो प्रोफ़ेसर लिखेंगे-पढ़ेंगे कब...दिन तो कॉलेज में निकल जाता है। अगर किसी को जीवन में कुछ करना है तो उसे हर तरफ़ से ख़ुद को सिकोड़ कर अपना एकान्त साधना होता है। सिर्फ़ मीता के लिए वे कर रहे थे, किया भी—पीएच.डी. के रजिस्ट्रेशन से लगाकर, उसकी थीसिस की तैयारी, परीक्षकों का पता करना...उनसे बोलना...मौखिक तक। वे न होते तो ये काम इतनी तेज़ी से आगे नहीं बढ़ सकते थे। वह प्रोफ़ेसर की दीवानी हो गई थी...उनकी रुचि का खाना बनाकर खिलाती, उनके कपड़ों की इस्तरी करती, बटन टाँकती...सब करने में उसे सुख की अनुभूति होती।

भीतर यौवन अंगड़ाइयाँ लेता हुआ, बाहर निकटस्थ से लिपटते चले ही जाना था। उधर प्रोफ़ेसर...आँगन में सहज ही उग आया एक फूल, जिसकी महक पढ़ाई-लिखाई के वीरान रेगिस्तान में फैलकर उनके काम को और प्रीतिकर बनाए चली जा रही थी, साथ एक लड़की का कैरियर बनाने के रास्ते एक जीवन को गढ़ने का रचनात्मक सुख भी। दोनों ही परवश।

क्या अब भी वह उसे प्रेम कहेगी?

कहती अगर तब भी प्रोफ़ेसर में पहले जैसी आत्मीयता दिखाई देती, जब उसने गर्भवती होने का राज उनके सामने खोला...जो आज भी सिर्फ़ वे दो ही जानते हैं। प्रेम होता तो वे तभी पत्नी को तलाक देकर उससे विवाह करने को तैयार हो जाते। वह तैयार थी...उनके शादीशुदा, एक बच्चे का पिता होने, उम्र में उससे काफ़ी बड़े होने के बावजूद। वह माँ-बाप...सबके सामने डटकर खड़ी हो जाएगी—हाँ, वह प्रोफ़ेसर गोपेश्वर से प्रेम करती है।

प्रोफ़ेसर को उसने अपना संकल्प बताया, लेकिन सुनते ही उनकी सतत मुस्कुराती आँखों में चिन्ता की रेखाएँ खिंच आईं—उनकी ख्याति...अपढ़ बीबी और उसके बच्चे का भविष्य? वह उन दोनों को भी साथ लेकर चलने को तैयार थी...ऐसी भावात्मकता! प्रोफ़ेसर की चिन्ता प्रौढ़ व्यक्ति की थी। अगर गाँव में पत्नी को मना लिया गया, मीता और वे दो गृहस्थियों का आर्थिक भार उठा लेंगे तो भी दो परिवारों की खींचातानी तो रहेगी, बढ़ेगी...खिचिर-पिचिर के बीच उनकी लिखाई-पढ़ाई का क्या होगा। मीता का कैरियर तो बन जाएगा, उनका अपना भेंट चढ़ जाएगा...और सबसे बड़ी बात—उनकी लेखकीय ख्याति...? वे ढह गए। किसी बड़े शहर जाकर चुपचाप गर्भपात कराया जा सकता था। मीता इसके लिए तैयार नहीं हुई...उसके प्रेम की सन्तान...वह उसे हर तरह से बचाए रखेगी। प्रोफ़ेसर ने अपनी बुद्धि दौड़ायी—अपने एक आज्ञाकारी शिष्य को मीता से विवाह के लिए तैयार कर लिया, मीता को विश्वास दिलाया कि उसका विवाह किसी से हो जाए, उनका प्रेम आजीवन चलेगा, जैसे अभी तक चला है...

"मैं उस व्यक्ति से प्रेम तो नहीं कर सकूँगी।"

"उसकी क्या ज़रूरत! क्या मैं अपनी पत्नी से प्रेम करता हूँ? विवाह एक सुविधा है, प्रेम तो हमेशा बाहर ही उगता-पनपता है...जैसे मुझे तुमसे हुआ।"

"आपकी पत्नी गाँव में रहती हैं, मुझे उस आदमी के साथ रहना होगा।"

"अगर तुम दोनों की सर्विस अलग-अलग शहरों में हो तो मेरी जैसी व्यवस्था हो जाएगी। मैं करा दूँगा...चिन्ता न करो।"

मीता सहमत नहीं थी, लेकिन वही एक रास्ता दिखता था। प्रोफ़ेसर पुराने होते हुए भी नये सोच वाले निकले और वह नयी पीढ़ी की होते हुए भी पुरानी नायिकाओं की तरह जज्बात के भँवरजाल में फँसी हुई थी—अपने प्रेम के फूल को वह फेंकेगी नहीं...ऐसा दीवानापन!

पीएच.डी. का नतीजा, उसका विवाह और एक दूसरे शहर के कॉलेज में उसकी सर्विस की शुरुआत...तीनों थोड़ा आगे-पीछे आए—पहले विवाह, फिर पीएच.डी. का नतीजा और आख़िर में सर्विस, सब प्रोफ़ेसर गोपेश्वर के प्रयत्नों से।

मानना पड़ता है कि प्रोफ़ेसर ने ही उसके कैरियर की आधारशिला रखी, आज वह जहाँ है इसका श्रेय उन्हीं को जाता है...लेकिन विवाह होते ही जिसे वह प्रेम समझती थी, वह चटाक से टूट गया। यह प्रेम-एम क्या है...सिर्फ़ दो शरीरों का पारस्परिक खिंचाव, उनका ही आलोड़न-विड़ोलन...उसके बाद कैसी रिक्तता! औरत का रूप खींचता है...कुछ औरत ही रिझाती है...और आदमी लट्टू...वही समागम के बाद फट से दूर...अपनी कमीज़ झाड़ता हुआ। औरत अगर रिझाना बन्द कर दे...

सारी गुस्ताखियाँ...ये उम्र की हैं, खून ठंडा होना शुरू हुआ तो कैसे धिमाने लगती है। कभी-कभी तो उम्र में ही खून ठंडा हो जाता है, जैसा मीता के साथ हुआ, विवाह होते ही; जबकि उम्र वह पहली ही थी। विवाह के बाद प्रोफ़ेसर तो प्रोफ़ेसर वह किसी पुरुष के लिए प्रेम महसूस न कर सकी। प्रोफ़ेसर ज़रूर उसके लिए अपने प्रेम की दुहाई देता रहा, आज भी देता है...लेकिन वह उससे दूर होती चली गई। आज प्रोफ़ेसर रिटायर्ड है, उससे बहुत छोटी वह अभी सर्विस में है। प्रोफ़ेसर आज भी उससे सटने की कोशिश करता है, उसे तिरस्कृत करने के हर तरीक़े वह अपनाती है, फिर भी उसके साथ घनिष्ट परिचितों वाला सम्बन्ध बनाए रखा है क्योंकि वह राजदार है...सोनू, उन दोनों का बेटा! सोनू के लिए भी वह कभी वैसा प्रेम महसूस न कर सकी, जैसा सोचती थी कि करेगी... कर सकती थी अगर प्रोफ़ेसर के लिए रहता। विवाह के बाद प्रोफ़ेसर के लिए घृणा ही पनपती चली गई, जिसका छिड़काव माँ-बेटे के सम्बन्ध पर होना ही था...लेकिन बेटे के लिए अपनी ज़िम्मेदारी मीता ने बराबर निबाही, जहाँ तक उसका मन लगा उसे पढ़ाया, उसे उसके अपने रास्ते चलने से भी नहीं रोका। दसवीं पास करते ही उसने फ़िल्म लाइन में जाने का ठान लिया, आगे पढ़ने की क्या ज़रूरत! वह प्रोफ़ेसर को सोनू के बाबत सारी जानकारी देती रहती थी...आख़िर उसका पिता था, लेकिन किसी ज़िम्मेदारी की हिस्सेदारी में वह कभी आगे नहीं आया, सोनू के मुम्बई जाने की बात पर भी सूखी-सूखी सलाह देकर हाथ झाड़ लिए—'फ़िल्म लाइन संघर्ष की लाइन है, फुटपाथ पर सोकर ही लड़के हीरो बनते हैं। वह फ़िल्म में जाना चाहता है तो जाए, करे संघर्ष।'

उन दोनों ने सोनू से भी अपना राज छिपाकर रखा है, हमेशा रखेंगे...क्योंकि वे गाँव-कस्बे के लोग हैं, कोई मुम्बई-लन्दन के नहीं। दोनों ही कोई लाँछन ढोना नहीं चाहते, प्रोफ़ेसर तो और भी...इसीलिए तो उसने मीता के माँ-बाप को अपने शिष्य की बढ़-चढ़कर तारीफ़ कर-करके, मीता के साथ उसका विवाह कर देने के लिए ताबड़-तोड़ राजी करा लिया था। राज को राज बनाए रखने की खातिर मीता ने भी विवाह के फ़ौरन बाद पति के साथ एक-दो बार धड़ाधड़ सहवास किया, और उसका गर्भ आ जाने का ढोंग किया। पति... और दुनिया भी यही जानती है कि सोनू उसके पति से ही है।

पति की उपयोगिता वहीं तक थी...तो मीता ने मौक़ा लगते ही पति के साथ शारीरिक सम्बन्ध ख़त्म कर लिए। पति से साफ़ कह दिया—"वह दूसरा बच्चा नहीं चाहती, इससे अपने जीवन में वह नहीं कर पाएगी, जो करना चाहती है, दवाइयों के इस्तेमाल से कैंसर हो जाता है, तो दूर ही रहते हुए ही हमें अपने-अपने रास्ते आगे बढ़ने का सोचना चाहिए।" प्रोफ़ेसर गोपेश्वर की प्लान थी कि मीता विवाह के बाद भी उसके लिए सुलभ रहे। मीता ने उसकी भी एक न चलने दी। नौकरी लगते ही उससे दूरी बनाना शुरू कर दिया। यह थोड़ा आसान भी हुआ क्योंकि वह अब दूसरे शहर में थी, उधर प्रोफ़ेसर पुराने शहर में मीता जैसे अन्तरंग सम्बन्ध की तलाश करता हुआ नई रंगरलियों में व्यस्त हो गया था। पति को मीता ने साथ रखा—समाज को दिखाने के लिए और इसलिए भी कि वह उसे जैसे चाहे हाँक सकती थी, बच्चे की देखरेख के लिए एक नौकर तो चाहिए ही था। यह काम वह पूरी तन्मयता से करता था, वह एक इसी बात से उपकृत था कि मीता जैसी रूपवती, बुद्धिमती ने उसकी पत्नी बनना स्वीकार किया। जहाँ वह थी उसी शहर के एक स्कूल में मीता ने उसकी नौकरी भी लगवा दी। जिस स्तर के रहन-सहन की गाँव के उस लड़के से कभी कल्पना ही नहीं की थी, वह उसे जीने को मिल रहा था। मीता के लिए बाहर वह आड़ था, घर के अन्दर नौकर। मीता हिदायतें देती जिनका पालन वह पूरी वफादारी से करता। उसके लिए वह पत्नी नहीं, मैडम थी...वे किसी के साथ बैठी हों तो वह सोनू को लेकर पार्क चला जाए,

वहाँ उसके साथ खेले। घर में बैठकी के अलावा दो बैडरूम थे। एक मैडम के लिए अलग...क्योंकि उन्हें देर रात तक काम करना होता है, दूसरा सोनू और पति के लिए। वह सोनू को अपने साथ ही सुलाता था, बच्चे के इर्द-गिर्द अपनी दुनिया बिठा कर ख़ुश था।

सारी व्यवस्था—सर्विस, नई जगह, बच्चे की परवरिश का इन्तज़ाम, प्रोफ़ेसर गोपेश्वर से क़रीब-क़रीब छुट्टी—जम जाने के बाद अब मीता मुक्त थी...आगे अपनी राह पर चलने के लिए। तब सवाल उठा—'कौन-सी राह।' तो उसे वही दिखाई दी जो उसे प्रोफ़ेसर गोपेश्वर के क़रीब खींच ले गई थी—बौद्धिक, शिक्षक, लेखक भी...गद्य लिखने में उसकी बहुत रुचि नहीं थी...क्या पेज-दर-पेज घसीटे जा रहे हैं...घसीट ख़ाँ! कविता का क्षेत्र बेहतर था, वहाँ मेहनत कम थी। कविता चलते-फिरते, गुनगुनाते हुए ही आकार ग्रहण कर लेती थी...जब जो लाइनें बनीं, डायरी में लिख लीं। यहाँ भी प्रेम-एम की कविताएँ नहीं...क्या अच्छा था वहाँ जिसकी जुगाली की जाए। 'वह तोड़ती पत्थर' वाली राह ठीक थी, प्रगतिवादी।

नये शहर में सर्वाधिक प्रतिष्ठित प्रगतिवादी कवि थे राकेश बिहारी। दाढ़ी खिंचरहां; आवाज़ धीर-गम्भीर, समाज के वंचितों-शोषितों की तकलीफ़ें, सर्वहारा की गरीबी-भुखमरी के कष्ट हर पल अपनी आँखों में ढोते हुए। उनसे सम्पर्क बिठाया जाए। सच था कि उनकी जैसी मेधा, प्रतिभा मीता के यहाँ नहीं थी... तो गोपेश्वर जैसी भी कहाँ थी—उनकी काब्लियत के आगे भी तो वह अपढ़ ही थी...लेकिन उसमें कुछ है कि जिसके सामने हुई, वह आदमी पतंग की तरह कटता चला जाता है। वह कविता लिखेगी, राकेश बिहारी सुधारेंगे, प्रकाशित कराएँगे...उपयोगी थे।

वह शहर ज़रूर नया था, लेकिन प्रान्त वही। कालेजीय शिक्षा-क्षेत्र की सीमित दुनिया। प्रोफ़ेसर गोपेश्वर को जैसे ही पता चलेगा, ईर्ष्या से जल उठेगा...लेकिन अब तक प्रोफ़ेसर की अपनी ख्याति ही मटियामेट हो चुकी थी...उसके सम्बन्ध कइयों से सुने जाते थे। वही अपनी शेखी तरह-तरह से बखानता फिरता था। वह सोनू का राज़ खोलेगा तो सब उसे अपने मुँह

मियाँ मिट्ठू बनने वाली बात ही मानेंगे। जहाँ तक वह ऐसा नहीं करेगा। उससे मीता के साथ उसके सम्बन्ध जो भी थोड़ा-बहुत रह गए थे—वे हमेशा के लिए ख़त्म हो जाएँगे, जो वह नहीं चाहेगा। समाज भी उससे अपेक्षाएँ करने लगेगा, हमेशा करता रहेगा—वह अपने जाए के लिए यह करे, वह करे! राकेश बिहारी को इस सबसे कोई मतलब नहीं था। वह प्रगतिवादी था—सामने युवा कवयित्री, सुन्दर। देखते-देखते ही दोनों क़रीबी हो गए। मीता गोष्ठियों-सम्मेलनों में जाने लगी, अधिकतर राकेश बिहारी के साथ जाती क्योंकि उससे ज़्यादा प्रभाव पड़ता था। उसका एक कविता संग्रह आ गया, जिसकी भूमिका राकेश बिहारी ने लिखी थी, उसे कार्यक्रमों में आमंत्रित किया जाने लगा। राकेश बिहारी के ग्रुप के अन्य लोगों से उसकी दोस्ती हो गई। उन्हें लेकर राकेश बिहारी को कोई शिकायत, ईर्ष्या-जलन वगैरह नहीं हुई क्योंकि वह उन्हें विश्वास दिलाती रहती थी कि उसके मन में जो जगह उनकी थी, वह किसी और की हो ही नहीं सकती। दूर बैठा प्रोफ़ेसर गोपेश्वर ज़रूर यहाँ के चर्चे सुन-सुनकर कुढ़ता-भुनता रहता, इस शहर आता तो मीता के सामने शिकायतों के ढेर लगा देता। वह अब भी उसे अपनी अघोषित पत्नी समझता था, तरह-तरह से रात साथ बिताने के प्रस्ताव करता...वह सूखेपन से उसे रास्ता दिखा देती, कभी पति की आड़ का सहारा लेती, कभी-कभी तो अपमानजनक शब्दों का प्रयोग भी करती।

राकेश बिहारी का ग्रुप मीता के लिए ट्रेनिंग ग्राउंड साबित हुआ। ग्रुप के सभी रचनाकारों की वह दोस्त थी, उनसे बची भी रह लेती। चलते-चलते उसमें यह कला विकसित हो गई थी कि किसी पुरुष की क़रीबी होते हुए कैसे उससे दूरी भी बनाए रखी जा सकती है। वह सबके साथ धड़ल्ले के साथ उठती-बैठती, किसी के भी साथ घूमती-फिरती दिखाई देती, इससे उसकी ख्याति ज़रूर थोड़ा-बहुत ख़राब हुई—कहा जाने लगा कि वह आसानी से उपलब्ध हो जाने वाली चीज़ है; जबकि हक़ीक़त यह थी कि अन्तरंग वह किसी की नहीं हुई। प्रोफ़ेसर गोपेश्वर प्रसंग के बाद एक मुकाम पर उसे सभी पुरुष अनाकर्षक लगते थे...जिस बात को वह करीने से छिपाए रखती। गोपीकृष्ण ही एकमात्र अपवाद हुआ।

गोपी राकेश बिहारी के ग्रुप का नहीं था। वह उन सबसे ज़्यादा ख़ूबसूरत था—लम्बी, भरी-भरी काया, बड़ी आँखें...छलक-छलक आती हुई, आनुपातिक नाक-नक्ष। जितना दर्शनीय उतनी ही मीठी जुबान। बोलता तो भिगो-भिगो जाता। ऐसा कोई व्यक्ति मीता के जीवन में अब तक नहीं आया था। राकेश बिहारी और उसकी मंडली के परिचित/दोस्त जितने थे नहीं, उससे भी ज़्यादा आक्रामक बने फिरते थे। गोपी उन सबसे अलग था—साफ़-सुथरी ख्याति—अपने छोटे परिवार को समर्पित, कवि...विचारधाराओं के मकड़जाल से दूर, कविताओं में अपनी भावनाओं की ईमानदार अभिव्यक्ति, कलात्मक। जैसा कविताओं में, वैसा ही जीवन में...पारदर्शी व्यक्तित्व। उसकी बड़ी पनीली आँखें जब मीता की आँखों में उतरतीं तो हटाने का मन ही न होता। मीठी आवाज़ में उसकी दार्शनिक-सी आत्मीय-आत्मीय बातें। गोपी उससे प्रेम करने लगा और उसके साथ वह भी बँधी-बँधी-सी काफ़ी दूर तक चली...

कि उसने ख़ुद को खींच लिया—गोपेश्वर के साथ हुई गलती वह नहीं दोहराएगी, प्रेम के चक्कर में फँसी चली जा रही है। तब फँस गई, क्योंकि कच्ची उम्र थी, निकल आई किसी तरह। अब उसे अपना सिर पानी के ऊपर हर हाल में रखना है, दिमाग़ और समझ के साथ चलना है, यह देखना है कि कोई पुरुष उसके जीवन में क्या जोड़ सकता है, समाज में उसकी हैसियत क्या है? इस मायने में गोपीकृष्ण जीरो—पुस्तकालाध्यक्ष! कविताएँ अच्छी लिखता है, तो यह उसकी अपनी प्रतिभा है, किसी दूसरे को नहीं दे सकता। अपनी कुछ कविताएँ जो मीता ने गोपी को दिखाई थीं, उनमें उसने उसी तरह के संशोधन सुझाये जिधर वह था और जिधर वह अब जाना नहीं चाहती...प्रेम! राकेश बिहारी की तरह गोपी उसकी किताब नहीं छपवा सकता! प्रोफ़ेसर गोपेश्वर की तरह नौकरी जैसे मामलों में मदद नहीं कर सकता...और फिलवक्त उसे चाहिए भी क्या था। सरकारी कॉलेज में मुस्तकिल थी, आगे इन्क्रीमेंट अपने आप लगते चले जाना था...

गोपीकृष्ण दिल का मरीज था, एकाएक हार्ट-अटैक से चला गया। डॉक्टरों की सलाह के बावजूद उसने बायपास सर्जरी नहीं कराई थी। कुछ लोग इसका कारण अर्थाभाव बताते थे, तो कुछ कहते थे—यह उसकी जिद थी।

ये लोग उसकी मृत्यु को आत्महत्या की संज्ञा देते थे...धीरे-धीरे करके ख़ुद को मरने की तरफ़ ले जाना। गोपी के कुछ क़रीबी मित्रों का यह भी कहना था कि उसकी आत्महत्या के लिए ज़िम्मेदार मीता थी—प्रेम के तनाव, प्रेम और पत्नी के बीच की कशमकश। ग़लत, अन्तरंग होने के पहले ही वह उससे दूर हो गई थी—इधर साल भर से उससे कोई सम्पर्क नहीं रहा था। प्रेम में गोपी का घुलना अगर था, तो वह एकतरफा था...उसमें कोई क्या कर सकता है! आत्महत्या या उस रास्ते चलना शुद्ध बेवकूफी है। वह ख़ुद इससे भी बड़े आघातों से गुजरी, उसने तो आत्महत्या नहीं की। सच के जो ज़्यादा क़रीब बात है, वह यह कि गोपी जन्मजात निराशावादी था, डिप्रेशन को उन्मुख। बहुत लोग नहीं जानते, लेकिन वह जानती है कि उसकी पत्नी का चक्कर एक नेता से चल रहा था, जिसका ज़िक्र अक्सर गोपी उससे किया करता था। अगर वह धीरे-धीरे ख़ुद को मारना था तो उस रास्ते गोपी मीता से मिलने के पहले से ही था। बेशक दूसरा सच यह भी था कि बायपास सर्जरी के खर्च का बोझ वह अपने परिवार पर नहीं डालना चाहता था। हार्टअटैक, आत्महत्या... जो भी, मीता को इससे कुछ-कुछ वैसी ही घिन छूटी, जैसे गोपेश्वर-प्रकरण से छूटी थी। आगे वह इस सबमें ख़ुद को कभी नहीं डालेगी।

उस शहर और एक उसी कॉलेज में उसे पन्द्रह साल क़रीब हो रहे थे। उसका तबादला छोटी बस्ती के एक कॉलेज में हो गया। सरकारी नौकरी जब पकड़ी थी तब वह जानती थी कि इसमें तबादला होता है...लेकिन उस वक़्त नई-नई नौकरी वाली प्रफुल्लता थी, यह ख़याल ही नहीं आता था कि कभी उसके साथ भी यह होगा। प्रोफ़ेसर गोपेश्वर को बताया, उससे सम्पर्क तो रखा ही था। प्रोफ़ेसर का अपना स्वार्थ भी था कि वह यहीं रहे, यहाँ वह आसानी से आता-जाता रह सकता था, दो-तीन महीने में एक चक्कर लगा ही लेता था। तबादले वाली जगह दूर थी। उसने मंत्री-स्तर पर बात चलाने का रूआब दिखाया, लेकिन वह सिर्फ़ अपनी पूर्वप्रेमिका के आगे अपनी साख बढ़ाने की चेष्टा ही थी। उसकी कोशिशों से कुछ नहीं निकला क्योंकि अब तक प्रोफ़ेसर की चारित्रिक कुख्याति चौतरफ़ा फैल चुकी थी।

तबादला रुकवाने के लिए मीता ख़ुद शिक्षा मंत्रालय के संयुक्त सचिव से मिली जिसके रास्ते ये सब काम होते थे...नरसिंह आई.ए.एस.। यहाँ फिर वही हुआ जो मीता के साथ होता था...वह थोड़ा मुस्कुरायी—जो अपनी बात को सशक्त ढंग से रखने, अपना काम कराने के लिए करना ही होता है कि सामने बैठा पुरुष पतंग की तरह कटा। यह बन्दा आई.ए.एस. था तो उसका काम टाँगे रहा और मुलाकातें बढ़ाता रहा।

नरसिंह के साथ चलना पड़ा...क्योंकि वह उपयोगी ही नहीं अतिउपयोगी था। देखने-सुनने-व्यवहार में ऐसा कि घृणा उपजती थी...हल्की ख़ुशबू वाली तम्बाकू मुँह में रखे अपने पद के मद में मटकता, लहरियों-दार चाल चलता, मुस्कुराहट प्लेट-दर-प्लेट फेंकता हुआ। उससे वह मिल रही थी और बच भी रही थी। कहीं भी पति का बहाना खड़ा कर देती लेकिन उधर शातिर अफ़सर... उसने जानकारी हासिल कर रखी थी कि वह पति को ताख पर रखती है! नरसिंह पेंगें बढ़ा रहा था।

वे यों ही चलते रहे...नज़दीकियाँ और नहीं भी। तबादले का आदेश लटका हुआ...सरकार की तरफ़ से न आदेश-पालन के लिए कोई तेज़ी, न ही स्थगन का कोई आदेश। बस कोई कार्यवाही नहीं...लिखित कुछ नहीं। मीता पुरानी जगह काम करती रहती, प्रशासन देखते हुए भी न देखता। करते-करते नरसिंह का ही तबादला हो गया, मीता बच गई, नहीं तो पता नहीं कहाँ डूबती, कहाँ निकलती।

एक बात साफ़ हो गई थी। उसे पति को पालना होगा, वर्ना यह समाज तो नरसिंह जैसों से भरा हुआ था, उसे चींथ डालेंगे। और पति चुस्त-दुरुस्त पैंट चाहिए, मौजूदा पति जैसा ढीला-ढाला पायजामा नहीं। इस बीच वह रोहित के सम्पर्क में आई। रोहित व्यापारी था। परिचय के पन्द्रह दिनों के अन्दर ही उसने पैसे के बल पर मीता के तबादला वाले आदेश को समाप्त करा दिया। रोहित देखने-सुनने, बोलचाल में साधारण से भी नीचे था; जबकि मीता बौद्धिक... उसका उठना-बैठना बौद्धिकों के बीच, लेकिन पैसे की धार किस तेज़ी से काटती है—यह उसने देख लिया। जीवन है तो काम एक के बाद एक आएँगे ही,

उन्हें करवाने के लिए वह कहाँ-कहाँ दौड़ती फिरेगी, नरसिंह जैसों की चूती लारों को कहाँ तक झेलेगी। ख़ुद को सुरक्षित रखने के लिए कवच चाहिए... पैसे का कवच। उसे कहीं नहीं दौड़ना पड़ेगा, रोहित का पैसा दौड़ेगा।

सोनू अब बड़ा हो गया था। मौजूदा पति—जो एक तरह से किराए का ही था—उसकी ज़रूरत नहीं रह गई थी। वैसे भी जब से सोनू अपने साथियों और बाहर की दुनिया में समय ज़्यादा बिताने लगा था, इस आदमी के जीवन में खालीपन उतर आया था। वह घर में पुराने बक्से की तरह एक किनारे फिंका पड़ा रहता था। उससे छुट्टी पाई जाए। मीता ने उसे समझाया कि वे दोनों बेमेल हैं, उनके सामने अभी सारी ज़िन्दगी पड़ी है...सहमति से तलाक लेकर वे अपने-अपने लिए, अपने स्तर का जीवनसाथी चुन सकेंगे, यही आज का ट्रेंड है।

"और मेरा बेटा सोनू?" वह गिड़गिड़ाया।

"वह मेरा भी तो बेटा है। मैं माँ होकर जब उसे छोड़ सकती हूँ, फिर तुम तो बाप हो। ये नई पीढ़ी के लड़के हैं, अभी ही हम उसकी ज़िन्दगी में कहाँ हैं। वह फ़िल्म लाइन में जाना चाहता है, जाएगा ही। फ़िल्मों में जाने के बाद तो और भी उसकी ज़िन्दगी में हमारे लिए कोई जगह नहीं होगी। उसकी वजह से हमारी ज़िन्दगियाँ क्यों अवरुद्ध पड़ी रहें। मुझे अफ़सोस है कि पत्नी होते हुए भी तुम्हें मुझसे शारीरिक सुख नहीं मिला। मैं दे ही नहीं सकती क्योंकि मुझे शरीर में कोई दिलचस्पी नहीं, साहित्य से लगाव ज्यों-ज्यों गहराता गया...मैं उसी दुनिया की हो गई हूँ, तुम्हें कभी कुछ न दे सकूँगी। तो तुम क्यों अपनी ज़िन्दगी मेरे साथ गलाओ। मैं तुम्हारे स्वभाव से मेल खाती लड़की ढूँढ़ दूँगी।"

मीता ने सहमति से तलाक की दर्ख्वास्त लगा दी। सोनू को भी समझा दिया कि उन्हें आधुनिक सोच के अनुसार चलना चाहिए। रोहित पैसेवाला है, फ़िल्म लाइन में उसकी मदद कर सकेगा। तलाक मिलने के पहले ही मीता ने पति को किराए के एक छोटे से मकान में खिसका दिया।

रोहित विधुर था। युवावस्था में पैर रखती हुई अपनी लड़की नेहा के लिए चिन्तित रहता था। इस उम्र में लड़की को सँभालने वाली, मार्गदर्शक महिला तो चाहिए। मीता-रोहित के बीच करार हुआ कि मीता नेहा की माँ बन जाएगी,

रोहित सोनू का पिता बन जाए। उनके अपने बच्चे नहीं होंगे...क्या ज़रूरत! रोहित अपने व्यापार के रास्ते चलेगा, मीता पढ़ने-लिखने के। कोई एक-दूसरे की दुनिया में दखल नहीं देगा।

तलाक मिलते ही मीता ने रोहित से कोर्ट मैरिज कर ली। घर में किसी से पूछने-पाछने की कोई ज़रूरत नहीं थी। और प्रोफ़ेसर गोपेश्वर, जिसने यह किराए का पति ढूँढ़ा था—वह कौन था! मीता ने भाड़े के टट्टू को निकाल दिया...और क्या!

सब ठीक-ठाक चल पड़ा। रोहित के पैसे की चमक...मीता का तबादला फिर कभी नहीं हुआ। जिनका तबादला किया जाना है...उनकी पहली सूची में ही मीता का नाम नहीं आ पाता था। शारीरिक सम्पर्क...तो मीता बच्चे न होने के अपने करार को दोहराती रहती, थोड़ा-बहुत रोहित को झेल भी लेती... रईस होने का तेज़, कुछ होने की ठसक उसकी पढ़ाई-लिखाई की कमियों को दाब तो देते थे। फिर रोहित का ध्यान अपने व्यापार के अलावा, नेहा के लिए उपयुक्त वर की तलाश की तरफ़ अधिक था। दोनों ही एक-दूसरे के मामलों में दखल देने से बचते थे।

मीता ने नेहा की माँ होने का रोल बख़ूबी निबाहा। नेहा का प्रेम/विश्वास हासिल करने में वह सफल रही। उसके विवाह में बाकायदे माँ की हैसियत से खड़ी हुई, विदा करते समय उसे रोना भी आया। इधर रोहित ने भी सोनू को फ़िल्म लाइन में जाने की सहमति दे दी। उसकी महीन-सी इच्छा सोनू को व्यापार में अपना उत्तराधिकारी बनाने की ज़रूर थी, लेकिन सोनू पर विश्वास कम जमता था, आख़िर दूसरा खून था। फिर फ़िल्मों को लेकर सोनू का जुनून...व्यापार में वह शत-प्रतिशत कभी न हो सकेगा। रोहित और मीता ने मिलकर सोनू के लिए मुम्बई के उपनगर में एक फ़्लैट ख़रीदवा दिया, जिससे कि उसके वहाँ रहने का ठिकाना हो जाए, शुरू में जो रुपये लगे...उसमें 'कैश' की ज़िम्मेदारी रोहित ने सँभाली, चैक की मीता ने। बैंक से जो कर्ज लिया, उसे चुकाने की ज़िम्मेदारी दोनों के बीच फिफ्टी-फिफ्टी। सोनू मुम्बई रहने लगा।

अब दोनों विवाह में लायी हुई अपनी-अपनी सन्तानों से मुक्त थे। एक-दूसरे के लिए प्रेम महसूस कर सकते थे लेकिन उधर नेहा के हाथ पीले हुए, इधर रोहित के सोनू की तरफ़ से खिंचने लगे। सोनू को फ़िल्म बनाने के लिए रकम चाहिए थी, रोहित इसके लिए तैयार नहीं था। यह उसे घाटे का सौदा दिखता था...फ़िल्म कब बनेगी, तब तक कितना पैसा लगता चला जाएगा। किसी तरह बन भी गई तो चलेगी भी...इसकी क्या गारंटी। चल भी गई तो उस पैसे से सोनू नई फ़िल्म बनाने चल पड़ेगा। फ़िल्म नहीं चली—जिसकी सम्भावना अधिक थी तो पूरी रकम तो डूबी न...

यह कशमकश चल ही रही थी कि मीता के लिए एक नया बखेड़ा खड़ा हो गया। रोहित के पिता का देहान्त हो गया, इसलिए रोहित को अब अपनी माँ को साथ रखकर उसकी देखभाल करना थी। उसने सासू जी को लाकर मीता के खोपड़े पर धर दिया। अब वह कॉलेज जाए, अपनी पढ़ाई-लिखाई देखे, गोष्ठियों-सम्मेलनों में जाए...या कि औसत बहू की तरह सास की सेवा-सुश्रुषा करे...और यह सिलसिला तब तक चलने वाला था जब तक रोहित की माँ जीवित रहेंगी। उनकी सेहत के मद्देनज़र यह समय पन्द्रह-बीस साल आराम से खिंचने वाला था...यानी मीता की ज़िन्दगी तो गई। पन्द्रह-बीस साल बाद वही क्या होगी। उसके लिए तब सवाल यह उठेगा कि उसने अपनी ज़िन्दगी का क्या किया! जब आयु थी, समर्थ थी...तभी कुछ नहीं किया। शुरू के साल ख़ुद के जमने-जमाने में, तो बाद के सक्रिय साल सोनू-नेहा में चले गए। उनसे मुक्त होने पर वह सोचती थी कि अब तो अपने कामों पर पूरा ध्यान दे सकेगी—और लिखना, सम्मेलनों, सेमिनारों में सक्रिय भागीदारी, और प्रकाशित, प्रतिष्ठित होना, ताकि रिटायर होने पर प्रोफ़ेसरी न रहे तो टिकने के लिए एक आधार तो हो...जिसके बल पर जीवन की उत्तरावस्था में खड़ा हुआ जा सके। इसी के लिए उसने राकेश बिहारी से सम्पर्क बराबर बनाए रखा था। वे अक्सर मीता को आगाह भी करते रहते थे—'तुम अपना समय बरबाद कर रही हो, क्या कर रही हो अपने जीवन का!' पति से तलाक तक तो सहमत थे, लेकिन रोहित से विवाह जिसे उसने उनसे क्या किसी से सलाह-मश्विरा

किये बगैर आनन-फानन कर डाला था—उसे लेकर खिन्न थे—'तुमने अपने पैरों में नई बेड़ियाँ डाल ली हैं!'

उनका कहना सही दिख रहा था।

रोहित अपनी माँ का दूसरी कोई जगह इन्तज़ाम कर सकता है, चाहे तो वहाँ उनके साथ रह सकता है...मीता को कोई एतराज नहीं होगा...लेकिन वह मीता को अकेले भी नहीं छोड़ना चाहता। साहित्य-बिरादरी से खतरा है—मीता अब भी सुन्दर है, कितनों के साथ उठना-बैठना, मिलना-जुलना है उसका! अभी ही वह चौंकन्ना रहता है, मीता बीबी है उसकी!

रोहित की चौकीदारी मीता को गड़ती थी। पहले वे दो थे, रोहित बाहर जाता था तो साफ़ हवा की गुंजाइश रहती थी। अब उस थोड़े समय के लिए भी सासू जी नई चौकीदार...हर पल, हर रोज़, जीवन भर के लिए स्थायी चौकीदार!

रोहित अगर अपनी माँ को यहीं रखने पर अड़ता है—दैन आउट यू... रोहित।

उससे जिरह होती है, रोहित खीझ उठता है—'कहाँ फेंक आए वह माँ को, सब हँसेंगे कि इतने पैसेवाला होकर भी माँ को अनाथ छोड़ दिया। वे वहीं तो रहेंगी, जहाँ वह रहता है। यहीं चाहे जितने नौकर-चाकर रख लो, सबकी तनख्वाह वह देगा...'

माने भीड़-भाड़ बढ़ा लो...उसमें तो और भी गुम हो जाएगा मीता का एकान्त। रोहित की माँ पुरानी पीढ़ी की हैं, चाहे जितने नौकर रख लो, उन्हें सास की तरह चलने में ही रस आएगा। यह घर...जो सरकार की तरफ़ से मीता को मिला हुआ है, उसका कहाँ हुआ फिर?

रोहित से बात करने बैठो तो वह दबाने लगता है...घर अगर उसे एलौटैड है, तो छोड़ दें वे इसे! वह इससे भी अच्छा घर किराए पर ले लेगा या ख़रीद लेगा। मीता के पहले पति की तरह रोहित सिकुड़ा नहीं बैठा रहता...उसे पैसे का घमंड है, ऊपर से अब पतित्व का भी...मीता पर रौब डालता है! दुकानदारी के अलावा जानता ही क्या है...मीता के आगे क्या चीज़ है वह...लेकिन सब कुछ करीने से, जैसे उसने पहले पति को विदा किया था!

वे एक ही घर में थे...वह, रोहित और उसकी माँ। मीता ने रोहित को पत्र लिखा—

प्रिय रोहित,

आज तुम्हें खत लिखने की ज़रूरत महसूस हुई क्योंकि बातचीत से हमारा मसला सुलझ नहीं पा रहा। मैं खामोशी, संजीदगी से बात करने बैठती हूँ, तुम उत्तेजना में बह जाते हो, बातचीत को बहस में तब्दील कर देते हो। मैं तुम्हें अपने उस करार की याद दिलाना चाहती हूँ जो हमारे बीच विवाह-पूर्व हुआ था और जो हमारे प्रेम का आधार था, इतने दिनों रहा भी। हमने तय किया था कि सोनू और नेहा की ज़िम्मेदारी हम दोनों की होगी, इन्हें हम अपना बच्चा समझेंगे और उन्हें वह स्नेह देंगे। तुमने देखा होगा कि नेहा को मैंने हमेशा माँ का प्यार दिया, अब भी उसके लिए वह महसूस करती हूँ; जबकि सोनू को तुमसे वह स्नेह नहीं मिला। खैर, मेरी वह शिकायत नहीं है, मैंने कभी नहीं की। तुम पुरुष हो...इस कारण भी वह हो सकता है। मेरी शिकायत मेरे अपने जीवन के बाबत है। हमारे करार में यह भी था कि हम एक-दूसरे को अपना-अपना जीवन अपने ढंग से जीने की सुविधा देते रहेंगे। तुम्हारी माँ के यहाँ रहने से उसमें खलल पड़ता है। मेरी स्वतंत्रता, मेरा एकान्त, मेरा समय, मेरी ऊर्जा...सब इससे प्रभावित होते हैं। हमारे करार में यह कभी नहीं था कि तुम उनको यहाँ रखोगे और मुझे उनकी देखभाल करना पड़ेगी, एक औसत बहू की भूमिका निबाहना होगी...

अब हमारे सामने दो ही रास्ते हैं—या तो तुम अपनी माँ की देखभाल से मुझे मुक्त करो, उनका कहीं भी, जो भी इन्तज़ाम तुम करना चाहो, कर सकते हो। अगर तुम्हें वहाँ उनके साथ रहना हो... तो इससे भी मुझे कोई गुरेज़ नहीं। उस तरह भी हम पति-पत्नी रह सकते हैं। नहीं तो...हम अब ख़ुश-ख़ुश अलग हो जाएँ। एक-दूसरे से कोई शिकायत नहीं...इतने दिनों अच्छा चला...इसके लिए एक-दूसरे के प्रति कृतज्ञता महसूस करते हुए अपने-अपने जीवन में लौट जाएँ, समय-समय पर एक-दूसरे के काम आने के लिए समर्पित दोस्त जैसे रहें।

इस मसले पर अब हम बहस नहीं करेंगे। उससे कडुवाहट आती है। तुम इन दो विकल्पों में से एक को चुन सकते हो। मैंने अपना निर्णय लिख दिया, तुम्हारे निर्णय का इन्तज़ार रहेगा...

रोहित सोचता था कि मीता उसके पैसों पर निर्भर न सही, उसकी आदी तो हो चुकी है। मुम्बई के फ़्लैट की मासिक ई.एम.आई. का आधा रोहित देता था, घर का पूरा खर्च वह चलाता था। फिर रोहित के रुपयों से उसे नौकरी में सुरक्षा थी...वह आजीवन इसी शहर, इसी घर में रह सकती थी। इसीलिए वह घर में कुछ न कुछ बनवाती चली जाती—कभी बाथरूम आधुनिक हो रहा है, कभी मौड्यूलर किचिन बन रहा है। मुम्बई में सोनू के लिए भी रोहित की मदद मिलती रह सकती थी। तो वह इत्मीनान में था कि मीता अपने फ़ैसले पर अड़ेगी नहीं। तत्काल कुछ करने की ज़रूरत नहीं थी, ऐसे ही चलने दिया जाए, समय चलते-चलते कुछ रास्ता निकाल ही देगा। उसने कुछ नहीं कहा, और उस तरह लिखना तो वह जानता ही नहीं था...व्यापारी आदमी! उसे कुछ फ़र्क़ नहीं पड़ता था अगर यों ही घिसटते चलने दिया जाए...लेकिन मीता को पड़ता था। उसके जीवन का बहुमूल्य समय निकला जा रहा था। रोहित या उसकी माँ जैसे लोगों का तो समय गुज़रना है, चाहे इस तरह या उस तरह। उन्हें कुछ करना तो है नहीं...लेकिन मीता को करना है। उसके लिए समय कीमती था। दूसरे वह इस तरह तनावों को ढोते नहीं रह सकती थी। अपने जीवन से सम्बन्धित फ़ैसले उसने तड़ाक-फड़ाक लिए और बगैर समय गँवाये नये रास्तों को पकड़ लिया। जो होना हो जल्दी हो; जबकि रोहित घूम-फिर एक ही बात कहता था...'ठंडे-ठंडे कभी बात करेंगे, कोई रास्ता निकलेगा...'

उसे कहाँ तक खींचने देती, वह तो ज़िन्दगी भर खींचे रहना चाहता था। आख़िर मीता को सख्त होना पड़ा—

"मैं तुम्हारी स्थिति समझ सकती हूँ। माँ से अलग रहना तुम्हारे लिए सम्भव नहीं है और मेरे लिए उन्हें साथ रखना मुश्किल है। इसके पहले कि मेरी तरफ़ से माँ का अपमान होने लगे...तुम अपना-उनका इन्तज़ाम कहीं और कर लो..."

रोहित से अलग होकर क्या होगा ज़्यादा से ज़्यादा? उसका तबादला जब हुआ, उसे रुकवा नहीं पाएगी...तो चली जाएगी वहाँ...और क्या! वहाँ अपनी ज़िन्दगी, अपना एकान्त तो जी सकेगी। सोनू की मदद...तो रोहित अभी ही क्या करता है उसके लिए? मुम्बई के फ़्लैट के कर्ज की मासिक किश्त...अब तक जितना चुका है उसे देखकर बैंक राशि कुछ कम कर देगा, वह अकेली चुकाएगी... या प्रोफ़ेसर गोपेश्वर से कहेगी...अपने बेटे के लिए वह भी तो कुछ करे।

एक माह के भीतर रोहित माँ को लेकर निकल गया। आगे दोनों में से किसी को तलाक की ज़रूरत महसूस हुई तो आपसी सहमति वाली दर्ख़्वास्त कभी भी लगा देंगे...दोनों ने एक-दूसरे को यह आश्वस्ति दी। मीता ने बैंक का कर्ज अकेले चुकाने की ज़िम्मेदारी अपने ऊपर ले ली, कर्ज के लिए रोहित ने अपनी एक प्रौपर्टी बैंक के पास गिरवी रखी थी...उसे वह वैसे ही रहने देगा, कागज़ पर ही तो था। कर्ज चुकते ही प्रौपर्टी बैंक से मुक्त हो जाएगी। सोनू गलतफ़हमी में न रहे...इसलिए मीता ने उसे भी साफ़ बता दिया—

"रोहित और मैंने अलग होने का फ़ैसला किया है। तुम्हारे लिए जितना हो सकता था किया, मुम्बई में तुम्हारे रहने का ठिकाना कर दिया है। बैंक का कर्ज मैं चुका दूँगी। अब आगे तुम जानो, तुम्हारा काम और तुम्हारा संघर्ष। आर्थिक मदद के अलावा जो चाहोगे वह मैं करूँगी। हम माँ-बेटे हैं, रहेंगे। मेरी कोशिश होगी कि तुम्हारे ऊपर कभी भार न बनूँ..."

कैसे एक ही दिशा में चला उसका जीवन। पुरुषों को निकालते-निकालते ही निकल गया—प्रोफ़ेसर गोपेश्वर, गोपीकृष्ण, पहला पति, दूसरा पति! और जिन्हें उसने पास ही नहीं आने दिया, वे तो जाने कितने...सब एक से एक स्वार्थी। प्रोफ़ेसर गोपेश्वर के साथ के शुरू के दिन ही थे...जब मीता ने प्रेम की आँच महसूस की। उसे जीवन का केन्द्रीय तत्व बना सकती कि प्रोफ़ेसर का स्वार्थी रूप सामने आ गया और मीता को अपने बचाव में लगना पड़ा। गोपीकृष्ण को भी क्या कहा जाए। वह मीता को अपनी तरह की भावुकता में ढालना चाहता था; जबकि मीता अब वह नहीं रही थी—गोपेश्वर के साथ कटु अनुभव के बाद, उसने अपने चोले से वैसी भावुकता खुरच-खुरच कर निकाल फेंकी थी।

मीता पति और सोनू के साथ व्यवस्थित होने की कोशिश कर रही थी कि तबादला आ गया, उस पर भूत की तरह डोल रहा था कि नरसिंह...अफ़सर प्रकट हुआ। निकल भागने के लिए उसने रोहित का हाथ पकड़ा...दो प्रौढ़ होते व्यक्तियों ने बुद्धि से, सब सोच-समझकर एक करार किया था जिसे कुतरने लगी रोहित की अवसरवादिता...आख़िर वह बिजिनिसमैन था!

इस दौर के पुरुष ही इस लायक नहीं हैं कि किसी के साथ दूर तक चला जा सके। वे अपने रास्ते ही आपको ले जाना चाहते हैं, अपने रंग में रंगना चाहते हैं। किसी एक के साथ मन-मारकर किसी तरह चलती भी रहती तो वह किस कीमत पर होता...उसका अपना जीवन, उसकी आकाँक्षाएँ, अपने लक्ष्य...सब बलि चढ़ जाते...और वह एक पुरुष भी क्या हमेशा उसके साथ रह लेता—बीमारी, एक्सीडैंट, अकाल मृत्यु...कितनी चीज़ें होती हैं।

आज वह अकेली है...लेकिन अकेलेपन की उदासी दूर-दूर तक नहीं है। अगर पुरुष अकेले रह सकता है तो स्त्री क्यों नहीं। मीता अपनी स्वतंत्रता पल-पल जीती है, उसका सुख लेती है। कॉलेज में अध्यापन, कविता लिखना, गोष्ठियों में जाना। विद्यार्थियों के आवन-जावन से घर में चहल-पहल रहती है। जिससे मन मिलता है, उनके साथ उठती-बैठती है। इसके लिए किसी से जवाबदेही नहीं करना पड़ती...

इससे बेहतर? प्रेम-विवाह पहली उम्र में, अगर हुआ होता तो...शायद। सही है कि प्रेम की जो कल्पना, उसे लेकर जो स्वप्न जीवन के शुरू-शुरू में उठे, उन्हें फिर मीता ने ही निष्कासित कर दिया अपने जीवन से। आर्थिक दृष्टि से शुरू से ही आत्मनिर्भर थी...तो पुरुष की कहीं कोई ज़रूरत ही नहीं। हाँ... किन्हीं-किन्हीं मौक़ों पर वे उपयोगी हो सकते थे, तो जो जिस लायक दिखे, उसका इस्तेमाल। बस वहीं तक। प्रेम...उसमें डूबना-उतराना, बह जाना...ये पागलपन क्यों पाला जाए। विवाह...पति की टहल, उसके आश्रितों की सेवा... तो उस गुफ़ा में घुसना ही क्यों...अगर गलती से घुस गए तो उसमें घुट-घुटकर साँस लेते रहना...कोई जीवन हुआ!

आउट...

2010 : सशक्तीकरण

'स्त्री आज भी शोषिता है, पुरुष चिरन्तन शिकारी। शोषण-शिकार के तौर-तरीक़े बदलते रहे, निशाने पर वही रही—स्त्री। उसके शिक्षित होने, पक्ष में एक से एक कानून बनने, हर क्षेत्र में उसका प्रवेश, नेताओं के बड़े-बड़े बयान...इनसे कुछ नहीं बदला...सिर्फ़ रंग-रोगन हुआ, ऊपरी-ऊपरी कुछ बदलाव आए। आज भी स्त्री ज़रा-सी भी असुविधाजनक स्थिति में हुई, पुरुष नाम का जानवर अपने बल का प्रयोग कर उसे धर दबोचता है। घर के अन्दर पुरुष-बल तो बाहर प्रशासक-बल...अधिकांश जगहों पर पुरुष ही तो होते हैं उच्च पदों पर। स्त्रियाँ कहीं हुई तो वे पुरुषों के व्यवहार की ही नकल करती हैं। हर स्थिति में बदनामी के डर से स्त्री को धमकाया जाता है, उसके मुँह पर ताला लगा दिया जाता है, पुरुषों की तो बदनामी होती ही नहीं। पढ़े-लिखे बौद्धिकों की मार महीन होती है। वे दिखते चाहे जो हों, पुरुष वाली बुनियादी मानसिकता उन्हें भी नहीं छोड़ती, या वे ही उसे नहीं छोड़ते। आपने अपने घरों में स्थिति अपने ढंग से थोड़ी-बहुत सुधार ली तो भी समाज में स्त्री की स्थिति तो वही रही। एक ही रास्ता है—सतत् संघर्ष, स्त्रियों को अपने घरों के बाहर निकल संघर्ष करना होगा...सबके लिए, असहाय स्त्रियों के लिए ख़ासकर...'

रेखा मंच से बोल रही है।

'वह सुन्दर है'—आज भी वक़्त-बेवक़्त कह दिया जाता है। कहा नहीं भी जाता तो जता दिया जाता है। इस पर भीतर से वह गुर्रा उठती है, चेहरा सख़्ती तत्काल ओढ़ लेता है...क्योंकि वह जानती है कि जहाँ स्त्री ऐसी तारीफ़ों से

ख़ुश हुई कि कमज़ोर पड़ी। सालों से पुरुष स्त्री की इसी कमज़ोरी का फ़ायदा उठाता रहा है।

रेखा का पति राघव और वह हमपेशा हैं, दोनों ही पत्रकार। दो बच्चियाँ। रेखा ने गौर किया कि राघव 'सुखी परिवार' का कुछ ज़्यादा ही आग्रही था। इसके लिए जितना करता नहीं, उतना जताता था। सुखी परिवार बनाए रखने के लिए रेखा को वक़्त-बेवक़्त उत्साहित करता रहता। दिन में दो-चार बार तो ज़रूर कुछ वैसे फिकरे छोड़ता। तभी वह सँभल गई थी—'सुखी परिवार' के लिए वह उतना ही करेगी जितना उसका मन करेगा। उसमें अगर परिवार सुखी होता है तो हो, वर्ना जैसा भी।

अपने परिचितों/दोस्तों में मीता ने 'सुखी परिवार' को ढूँढने की कोशिश की तो एक चीज़ सब जगह दिखाई दी। हर दूसरे घर में पत्नियों का शोषण हो रहा था, हर पति की एक-दो 'प्रेमिकाएँ' थीं। उसने एक लेखमाला की योजना बनाई। खुफिया पुलिस की तरह पतियों के विवाहेतर सम्बन्धों के बारे में जानकारी इकट्ठा की और बाकायदे नाम लेकर लेख लिखना/प्रकाशित कराना शुरू किया—इन पतियों की बाहर प्रेमिकाएँ थीं (प्रेमिकाओं के नाम नहीं लिखे... लेकिन जगह वगैरह बताकर इशारा तो कर ही दिया) और वे अपनी पत्नियों को धोखे में रखकर 'सुखी परिवार' का स्वांग करते थे। इस तरह दो-दो, तीन-तीन स्त्रियों का शोषण हो रहा था। शुरू के लेख तो पत्रकार-समाज के ही परिवारों को उठाकर लिखे गए क्योंकि उनके बाबत रेखा की जानकारी पक्की थी। लेखों के प्रकाशित होते ही हल्ला मच गया—वह सभ्य लोगों पर कीचड़ उछाल रही है, सुखी परिवारों को उजाड़ रही है। लेखमाला में कितने लोग ऐसे थे जो राघव के मित्र थे। तभी से राघव और उसके रिश्तों में दरार पड़ना शुरू हो गई। राघव उसे तरह-तरह से समझाता—'हम अपने दोस्तों-परिचितों से कटते चले जा रहे हैं, वक़्त ज़रूरत हमारी मदद को कौन आएगा, कोई मानहानि का मुक़दमा भी ठोंक सकता है, फिर हम कोर्ट-कचहरी भागते फिरेंगे।'

राघव को वही कहना था क्योंकि पुरुष था—पुरुषों की तरफ़दारी। मित्रों का दबाव भी होगा...लेकिन उन लोगों से मिलने वाली सम्भावित मदद के

लोभ में क्या सत्य को दबाया जाना चाहिए, इन लोगों का दिखावा, पीछे छिपी स्त्री-जाति के प्रति क्रूरता क्या उजागर नहीं होना चाहिए? मानहानि के मुक़दमे से डरकर अगर हम सत्य को सामने नहीं लाते तो कहाँ के पत्रकार हुए! जो लेखों में आया, अगर वह झूठ था तो मानहानि का एक भी मुक़दमा अब तक दायर क्यों नहीं हुआ?

राघव को एक-एक करके अपने मित्रों को खोते चले जाने का क्लेश था। रेखा और उसके विचारों में फ़र्क़ पैने होकर सामने आने लगे थे। बहस-झगड़ों से बचने के लिए घर में चुप्पा बिठा लिया जाता, दोनों ज़्यादातर अपने-अपने में सिमटे अलग-अलग बैठे रहते। राघव उलाहना देता—'हम जिस तरह अपने समाज में अलग-थलग पड़ते जा रहे हैं...इसका असर हमारी बच्चियों पर भी पड़ रहा है।'

रेखा सोचती—वे अब बच्चियाँ नहीं थीं, युवा हो रही थीं। आगे उन्हें ऐसे ही पुरुषों से निपटना होगा, उनकी अपनी सुरक्षा के लिए ऐसी जानकारियाँ मददगार रहेंगी। रेखा बैठकर उन्हें समझाती तो उनके इस कान आता, उस कान निकल जाता। जब परिचित पुरुषों के कारनामे उनके सामने आएँगे तो उनके कान खड़े होंगे, असर ज़्यादा और स्थायी होगा। तो इस तरह की लेखमाला प्रकाशित करवाकर रेखा माँ की भूमिका भी निभा रही थी। पत्रकार का कर्त्तव्य-बोध और माँ का बेटियों के प्रति दायित्व...रेखा को यह प्रतीति देते थे कि वह सही रास्ते पर थी। उसने लेखमाला जारी रखी, उससे वह स्त्री-जगत में लोकप्रिय भी हो रही थी। इसका एक दुष्परिणाम ज़रूर हुआ—राघव उससे दूर होता चला गया। जब हम बड़े काम करने निकलते हैं, तो छोटी कुर्बानियाँ देना पड़ती हैं—वह जानती थी।

लेखमाला अभियान के दौरान राघव का भी एक क़िस्सा उसके हाथ लगा। वह एक युवा पत्रकार लड़की—दीप्ति से क़रीबियाँ बिठा रहा था। देखने-सुनने में दीप्ति रेखा से उन्नीस क्या अठारह, सत्रह भी नहीं ठहरेगी! हाँ युवा थी और अविवाहिता भी। कभी-कभी उनके घर आती, तो राघव से उसकी बढ़ती नज़दीकियाँ जाहिर हुए बिना न रहतीं। दीप्ति जिस शहर से आई थी,

वहाँ भी उसका आना-जाना एक वरिष्ठ पत्रकार के यहाँ था। रेखा ने उनकी पत्नी को फ़ोन लगाकर दीप्ति के बारे में तहकीकात की। उन्होंने बताया कि वह पगलैट किस्म की लड़की है, एक रात उनके यहाँ रुकी थी, रात भर हरसिंगार के पेड़ के नीचे घूमती रही। उसके पति पर डोरे डाल रही थी, पत्नी ने उसे भगा दिया। रेखा ने उनसे अपनी यह बातचीत टेप कर ली और राघव के सामने जा खड़ी हुई...

"आप औरतें-लोग एक ही नज़रिये से देखती हैं। दीप्ति पत्रकारिता के क्षेत्र में पैर जमाने के लिए प्रयत्नशील है, वरिष्ठ पत्रकारों के साथ उठेगी-बैठेगी ही, उनके अनुभवों से उसे सीखने को मिलता है। इसमें बुराई क्या है। पत्नियाँ बहुत शक्की होती हैं। जाति एक ही है न!"

राघव का पूर्वग्रह सामने आ गया था। अब वे पति-पत्नी नहीं, स्त्री-पुरुष थे, वही रहने वाले थे।

राघव-दीप्ति का क़िस्सा किसी दूसरे का होता तो रेखा तपाक से लिख डालती। अपना लिख सकती थी क्या...और यहाँ मानवीय दुर्बलता उसे दबा गई—घर का कच्चा-चिट्ठा सबके सामने नहीं खोला जा सकता था। सिर्फ़ उसकी अपनी ज़िन्दगी का सवाल नहीं था, बच्चियों को आजीवन मुँह लटकाए रहना होता...वह भी बाप की करतूतों को लेकर। उनके भविष्य पर खतरा हो सकता था। अपने घर की कहानी लिखने से ख़ुद को रोका तो दूसरों की कहानियाँ लिखने पर भी रोक लगी...क्योंकि वहाँ भी सन्तानें होंगी जिनमें कुछ लड़कियाँ भी हो सकती हैं।

लेखमाला रोक देने भर से उनके वैवाहिक जीवन पर पड़ी दरार को पाटा नहीं जा सका। वह न लिखे...तो भी अब राघव के साथ रहना—उसे अपने साथ विश्वासघात करने जैसा लगता था। घर में कड़ुवाहट तैरती रहती। राघव के साथ या तो चुप्पा रहता या घूम-फिर कर बहस छिड़ जाती...दीप्ति का नाम उछले बिना न रहता, राघव शक-शक दोहराता रहता। बातें तीखी, तेज़, कभी-कभी भद्दी भी हो जातीं, जिसे लिए-लिए आगामी कई दिनों के लिए फिर चुप्पा तन जाता...

"हमारा एक घर में यों घुट-घुट कर रहना...अपने विचारों को देखते हुए मुझे यह अनैतिक लगता है। हम जिस उम्र में हैं...और अपनी बच्चियों की जो उम्र है...उसे देखते हुए तलाक लेने की कोई तुक नहीं है, लेकिन हम अलग रह सकते हैं..." एक दिन रेखा ने राघव से कह ही दिया।

वह तो जैसे इसके लिए तैयार ही बैठा था—

"ठीक है। ग्वालियर में पुश्तैनी मकान का मेरा हिस्सा खाली पड़ा है। मैं स्वतंत्र पत्रकार हूँ, वहाँ रहकर अपना काम करता रहूँगा।"

"बच्चियों की खातिर तुम यहाँ आते-जाते रह सकते हो। घर में तीन कमरे हैं—एक मेरा, एक बच्चियों का, तीसरा तुम्हारे लिए रहेगा। जब आओ, खोलकर वहाँ रहो, चाहे जितने दिन...लेकिन दीप्ति यहाँ नहीं आएगी।"

राघव से विच्छेद तो नहीं हुआ...दोनों इस तरह अलग ज़रूर रहने लगे। राघव अकेले ग्वालियर में, वह यहाँ बच्चियों के साथ। बेहतर और कुछ नहीं हो सकता था। अगर वह किसी पुरुष के साथ नज़दीकियाँ नहीं बिछाती तो राघव को भी यही करना चाहिए था...उसने पत्नी के साथ धोखा किया। ग्वालियर रहने का प्रस्ताव जो झट से उसने पकड़ लिया...वो इसलिए कि वहाँ दीप्ति के साथ मिलना-जुलना बेधड़क हो सकेगा, पुरुष ऐसे ही होते हैं! रेखा को इसकी फिक्र नहीं थी। अगर मन से हम एकनिष्ठ नहीं हैं तो पति-पत्नी की तरह घर में रहना, साथ सोना अनैतिक है।

राघव की अपनी शिकायतें थीं जो वह अपने मित्रों को बताता, कुछ उनके मार्फत रेखा तक भी पहुँचती थीं। यही कि उसकी पत्नी पश्चिम के 'मी टू' आन्दोलन के प्रभाव में आती जा रही है। अपने वैचारिक पूर्वग्रहों के कारण उसने अपना वैवाहिक जीवन तो तबाह किया ही, राघव को अपने मित्रों, सहकर्मियों के समाज से काटकर रख दिया, पिता और पुत्रियों के बीच फासला पैदा कर दिया।

राघव के पुराने-नये कारनामे उसके सुनने में आते थे। वह तलाक की दर्ख्वास्त लगा सकती थी, पर नहीं लगायी...पति का रास्ता साफ़ क्यों करे, पुरुषों की यही तो चाल होती है—आधा जीवन विवाह के मज़े लिए,

ज़िम्मेदारियाँ उठाने का समय आया, पत्नी का शरीर ढीला होने लगा, तो दूसरी तरफ़ मुँह मारने लगे। वह राघव को ऐसे छुट्टी नहीं देगी, बेटियों को लेकर उसकी भी कुछ ज़िम्मेदारियाँ हैं! लेखमाला बन्द रखी क्योंकि उसमें पुरुषों के कुकृत्य जो हो चुके उन्हीं का लेखा-जोखा होता था, उनकी रोकथाम कैसे हो... उस दिशा में लेख कारगर नहीं थे। जिनके बारे में लिखा गया, वे ही अपनी हरकतों से कहाँ बाज आए!

उन्हीं दिनों रेखा को एक लिटरेचर फैस्टीवल में जाने को मिला। वहाँ एक नामी-गिरामी साहित्यकार युवा लेखिकाओं पर डोरे डालता हुआ, उन्हें इत्मीनान से गले लगाता घूमता दिखा। रेखा उसके सामने जाकर खड़ी हो गई...

"मैं कब से देख रही हूँ आपकी हरकतें, लड़कियों को इधर-उधर गलत तरीक़े से छूना, इसे गले लगाना, उसे चिपकाना...क्या मतलब इस सबका..."

"आप कौन?" उस व्यक्ति ने उपेक्षा की नज़रों से रेखा को देखा।

"मैं कोई भी...देश की एक सजग नागरिक मान लीजिये...आपकी खुलेआम इस तरह की अशोभनीय हरकतें..."

"आपको सही शब्द इस्तेमाल करना नहीं आता। ये हरकतें नहीं साहित्य-परिवार में स्नेह का स्वाभाविक, निष्कलुष प्रकटीकरण हैं। जाइए, अपना काम करिए..."

और वह आगे बढ़ गया। रेखा भीतर-भीतर भुनभुनाती पीछे छूट गई। उसे शिकायत उन महिलाओं से भी थी, जो यह सब होने देती थीं, वहीं के वहीं क्यों नहीं झिड़क देतीं। रेखा ने उनमें से एक-दो को समझाने की कोशिश भी की। एक बोली—'अरे, यह सब कुछ नहीं, उनका मन साफ़ है।' दूसरी ने कहा—'बड़े साहित्यकार हैं, उनका अनादर नहीं किया जा सकता।' तीसरी बोली—'क्या हुआ जो हल्के से चिपका लिया।' यह महिला तो उस आदमी के व्यवहार से ख़ुश भी दिखती थी!

कोई हल सोचना होगा। रेखा ने जागरूक समाजसेवी महिलाओं का एक संगठन बनाया—'स्त्री सशक्तीकरण संगठन'। सदस्याएँ समय-समय पर मिलकर विचार-विमर्श करेंगी—स्त्रियों पर किये जा रहे अत्याचार, उनका शोषण...

इनकी रोकथाम कैसे हो, पुरुषों की हरकतों पर लगाम कैसे लगायी जाए! कुछ फ़ैसले तो संगठन की पहली बैठक में ही हो गए। एक—अगर किसी समारोह में संगठन की कोई सदस्या किसी पुरुष का अभद्र आचरण देखती है तो अन्य सदस्याओं को 'मैसेज' करे, सदस्याएँ समय निकालकर तत्काल उस जगह पहुँचें। तीन-चार भी पहुँच गईं तो वे मिलकर उस पुरुष को घेरेंगी, उसे वहीं जलील करेंगी। नम्बर दो—स्त्री जागरण सम्बन्धी मटीरियल स्त्रियों में बाँटा जाए। तीन—जहाँ स्त्रियों ने विद्रोह किया, एफ.आई.आर. दर्ज करवायी है...वह सब डाटा इकट्ठा किया जाए, उस पर बैठकों में बातचीत हो, उन मामलों के पीछे लगा जाए ताकि पुरुष जाति उन्हें दबा न सके। चार—संगठन की सदस्यता लेने के लिए अभियान चलाया जाए, दूसरे शहरों में भी संगठन की शाखाएँ स्थापित करने के प्रयत्न किये जाएँ। महिलाओं में जागरूकता पैदा की जाए कि वे विरोध करें, इसके लिए संगठन के पैम्पलैट छपाए जाएँ, जिनमें बताया जाए कि स्त्रियाँ ख़ुद को अकेला न समझें, उनके पीछे संगठन खड़ा है, वे उसकी मदद ले सकती हैं।

संगठन की तरफ़ से कुछ दूसरी गतिविधियाँ शुरू की गईं। जिन तलाकशुदा महिलाओं को कोर्ट द्वारा निश्चित रखरखाव वाली रकम उनके पूर्व-पतियों द्वारा नहीं दी जा रही, संगठन उन पुरुषों पर ज़ोर डालकर दिलवाएगा, ज़रूरी हुआ तो पुलिस में खबर की जाएगी, कोर्ट भी जाया जा सकता है। घरेलू हिंसा के क्षेत्र में बहुत कुछ करने की ज़रूरत थी। यहाँ महिलाएँ अक्सर अपनी प्रतारणाओं को दबाए रखती हैं। संदेहास्पद घरों पर निगरानी रखना, संगठन में विचार-विमर्श कर उचित कार्यवाही करना...यह निरन्तर चलने वाला काम था। संगठन की एक कार्यकारिणी समिति बना ली गई जिसकी बैठकों में सदस्याओं को अलग से मिली जानकारियों की भी समीक्षा होती, कार्यवाही तय की जाती। संगठन के सदस्य बढ़ाने की प्रक्रिया लगातार चलते रहना था।

स्त्री सशक्तीकरण संगठन की एक सीमा ज़रूर थी—समाज के निम्नवर्ग में पतियों की शराबखोरी, पीकर पत्नी को पीटना, रोज़-रोज़ प्रताड़ित करना...ये बातें आम थीं...लेकिन यहाँ संगठन की सदस्याएँ सीधे सामने नहीं आ सकती थीं

"अब ये मैं क्या बताऊँ..." लक्ष्मी हँस दी..."कितनी बातें होती हैं, क्लास की बातें, क्लास के लड़के-लड़कियों की बातें, टीचर्स की बातें...वहाँ के क़िस्से। वे ख़त्म हों तो कुछ और सोचें!"

थोड़ा अटपटा तो लगा कि माँ-बाप बच्चों की लिस्ट में ही कहीं नहीं हैं, लेकिन कुल मिलाकर रेखा को इत्मीनान था—लक्ष्मी उसका खून है आख़िर, उसकी लड़कियाँ किसी पुरुष को अपने ऊपर हावी नहीं होने देंगी, अपना जीवन अपने हिसाब से चलाएँगी। आने वाले दिनों में मधुरेश से मिलने का ख़याल उसके दिमाग़ से उतर गया। रेखा अपनी लड़कियों की शादी वगैरह का तो सोच नहीं रही अभी, कि किसी लड़के को उस नज़रिये से देखने की बात उठे। लड़कियाँ पढ़ रही हैं...कितनों से मिलेंगी-जुलेंगी, कितनों के साथ उठेंगी-बैठेंगी। तजुर्बे उसी रास्ते आएँगे और वे उन्हें परिपक्व ही करेंगे।

कुछ दिनों ऐसे ही चला। मेड से उसे पता चलता रहा कि मधुरेश किस दिन आया, कितनी देर रहा। एक रोज़ शाम को जब वह घर पहुँची तो वे दोनों लड़कियों वाले कमरे में बैठे थे, दरवाज़ा खुला था, उसे देखकर वे बाहर आए...

"ममा! ये मधुरेश है...आपने कहा था न मिलवाओ...तो आज मैंने इसे रोके रखा।"

रेखा ने आगे बढ़कर मधुरेश से हाथ मिलाया, बूढ़ी की तरह सिर पर हाथ रखना, आशीर्वाद वगैरह देना नहीं...बराबरी से मिलना। सामने एक दुबला-पतला, साँवला, मरियल-सा लड़का था, किसी दृष्टि से असाधारण नहीं।

"आओ...बैठो।"

रेखा ने मेड से चाय वहीं लाने को कह दिया। छोटी अभी तक घर नहीं पहुँची थी।

"तो लक्ष्मी के साथ तुम भी एम.ए. कर रहे हो। आगे क्या करने का इरादा है?"

"अभी कुछ सोचा नहीं।"

"माँ-बाप क्या करते हैं?"

"हमारी कपड़ों की दुकान है, माँ घर पर रहती हैं।"

की नहीं है, पुरुषों के चरित्र की है जो एक-सा रहता है। लड़का पुरुष ही तो है। लक्ष्मी को अभी पुरुषों के चरित्र का कोई अनुभव नहीं, उसे सावधान तो करना होगा...अगले दिन खाने के बाद लक्ष्मी से बात करीने से उठायी, छोटी भी थी।

"तुम्हारा क्लासफैलो है?"

"कौन?"

"जो कल आया था।" लक्ष्मी को पता होना चाहिए कि अपने सामाजिक कार्यक्रमों में रेखा चाहे जितना व्यस्त रहती हो, घर में क्या होता है...इसकी पूरी जानकारी वह रखती है।

"कौन...मधुरेश...? हाँ क्लासफैलो है।"

"उसका घर कहाँ है?"

"मुझे क्या मालूम..."

"और वह तुम्हारे घर आ सकता है?"

"...तो इसमें क्या हो गया। कैंटीन या रेस्तोरा के बजाय घर में कॉफ़ी पिला दी। उसका बर्थडे था!"

"किसी लड़के के साथ अकेले होने के पहले उसके बारे में अच्छी तरह से सब कुछ जान लेना चाहिए। यह मैं छोटी के लिए भी कह रही हूँ।"

"ममा! आपको चिन्ता करने की ज़रूरत नहीं है, मैं अपनी देखभाल कर सकती हूँ, आई एम नौट ए किड।"

"गुड, मधुरेश को मुझसे नहीं मिलवाओगी?"

"जब आप कहें...आपको फुर्सत कहाँ रहती है।"

"हाँ...तुम लोगों के मुकाबले तो मैं ज़्यादा व्यस्त रहती हूँ। मधुरेश के माँ-बाप क्या करते हैं?"

"मैं क्या जानूँ!"

"उसे मालूम है तुम्हारे माँ-बाप के बारे में?"

"न उसने कभी पूछा, न मैंने बताया।"

"तो इतनी देर क्या बातें करते रहते हो तुम लोग?"

धत्तेरे की! मधुरेश भी दुकान में बैठ जाएगा...और क्या!

"कितने भाई-बहन हो?"

"दो बड़ी बहनें हैं...दोनों की शादियाँ हो गईं।"

तो दुकान की गद्दी पर इसका बैठना तय है। लड़के के शौक की खातिर बाप चाहे जितना पढ़ा दे...पहुँचेगा यह वहीं।

"लक्ष्मी तो आगे की पढ़ाई के लिए यू.एस. का सोच रही है। तुम लोगों में इस बाबत बात होती होगी।"

"हाँ, इनका मन तो है।"

"और तुम?"

"मैं यहीं करूँगा...जो भी।"

"आजकल एजुकेशन लोन आसानी से मिल जाते हैं, बाहर किसी कॉलेज का एडमीशन भर मिल जाए।"

"हाँ, वह तो है। अगर नौकरी करना है तो विदेश की डिग्री का प्रभाव भी ज़्यादा पड़ता है।"

"तुम्हारा इरादा नौकरी करने का नहीं है?"

"हमारे यहाँ नौकरी से ज़्यादा तरजीह व्यापार को दी जाती है...लेकिन अभी मैंने कुछ सोचा नहीं है।"

मधुरेश ने उसे कहीं से, ज़रा भी प्रभावित नहीं किया...लड़के में तो कोई महत्त्वाकांक्षा ही नहीं है! लेकिन वही क्यों खखोरे जा रही है, जैसे सामने मधुरेश के साथ लक्ष्मी के विवाह का मसला हो। लक्ष्मी मधुरेश जैसे दसियों से मिलेगी, उसने मधुरेश के साथ रिश्ता बनाने की बात भी कभी नहीं उठायी है कि रेखा इस तरह से जाँच-पड़ताल करे। तो आगे कुछ चलताऊ किस्म की बातें करके, चाय ख़त्म कर वह अपने कमरे में चली गई...दोनों को उनकी अपनी कम्पनी में छोड़कर, जैसे अपने घर में बेटी और उसके दोस्त का प्रायवेटली बैठना-उठना उसके लिए एक मामूली रोज़मर्रा की बात हो, हालाँकि भीतर कहीं वह उद्वेलित थी—दोस्त ही सही, लक्ष्मी...उसकी बेटी का चुनाव इतना गया-गुज़रा होगा—रेखा को उम्मीद नहीं थी!

साल के बचे हुए माह उसी तरह बीते। मधुरेश का घर आना-जाना चलता रहा। रेखा ने मेड को थोड़ा सावधान कर दिया था। वह ख़ुद भी लक्ष्मी से कभी-कभी टटोल लेती कि वह मधुरेश के साथ कहाँ-कहाँ जाती है। वह जानती थी कि लक्ष्मी कुछ छिपाएगी नहीं, उससे झूठ नहीं बोलेगी— ऐसी परवरिश, इतनी निडरता बच्चियों को उससे मिली है। ज़्यादातर वे दोनों यूनिवर्सिटी कैम्पस में, वहीं के पार्क, कैंटीन में बैठते थे, कभी-कभार शहर के कॉफ़ी हाउस में कॉफ़ी पी आते। लक्ष्मी मधुरेश के घर कभी नहीं गई थी, मधुरेश ने कभी उसे आमंत्रित भी नहीं किया था। इम्तहान क़रीब आ गए तो दोनों रेखा के घर ही बैठकर पढ़ने लगे। लक्ष्मी ख़ुद यह एहतियात बरतती थी कि वे कमरे में बेशक हों...पर दरवाज़ा बराबर खुला रखें। मेड की चौकीदारी से शायद उसे यह संकेत मिल गया था। मधुरेश अब घर का सदस्य जैसा हो गया था। जब कभी घर में जो रखा हुआ है उसे खा-पी लेता, कभी-कभार मेड से निस्संकोच कहकर अपने लिए कुछ बनवा भी लेता।

एम.ए. का रिजल्ट आया। लक्ष्मी की फ़र्स्ट डिवीज़न ...जैसी कि उम्मीद थी, मधुरेश सैकेन्ड डिवीज़न था। चौंकने की बात यह हुई कि लक्ष्मी जो कभी अमेरिका में आगे की पढ़ाई करने का सोचा करती थी...अब यहीं रहकर अपनी यूनिवर्सिटी से ही पीएच.डी. करने का सोच रही थी। लक्ष्मी से आमने-सामने बैठकर साफ़-साफ़ बात करना ज़रूरी हो गया था।

"आज देश के युवा तो सबके सब विदेश के लिए उतावले होते हैं। जो नहीं जा सकते...वे सपने देखते हैं...और तूने ख़याल ही छोड़ दिया?"

"वहाँ किसी साधारण यूनिवर्सिटी में जाकर पढ़ने से बेहतर है इसी यूनिवर्सिटी में रहना। हमारी यूनिवर्सिटी का नाम है।"

"तुझे तो यू.एस. की किसी भी यूनिवर्सिटी में दाखिला मिल जाएगा... स्टैनफोर्ड, प्रिंसटन, शिकागो..."

"नाम ही नाम है। बाहर से आने वाले विद्यार्थियों को वहाँ कहीं भी दाखिला आसानी से मिल जाता है क्योंकि वे बाहर से अमेरिका में पैसा लाते हैं, वहाँ खर्च करते हैं...इसलिए हमने तय किया..."

"हमने...मतलब? हमारी तो कभी ठीक से बात ही नहीं हुई इस मसले पर! क्या पापा और तुमने...?"

"मधुरेश की भी यही राय थी।"

"उसने कहा और तुमने मान लिया? उसका खानदान भले पैसेवाला हो, इकलौते लड़के को विदेश भेजने के लिए कभी तैयार नहीं होगा, नौकरी भी नहीं करने देगा...वह तो ऐसा कहेगा ही। वह बैठा रहे घर में, लेकिन तुम ऐसा कैसे सोच सकती हो? तुम फ़र्स्ट डिवीज़न और वह..."

"सिर्फ़ इम्तहान के नम्बर ही सब कुछ नहीं होते ममा! व्यक्तित्व भी कुछ होता है।"

"मुझे तो उसमें कुछ ख़ास नहीं दिखा।"

"वह बहुत केयरिंग है।"

रेखा चौंक गई। क्या लक्ष्मी मधुरेश से विवाह का सोच रही है? वह हर लिहाज से लक्ष्मी से कमतर है, घर में सिकुड़ा-सिमटा बैठा रहेगा, लक्ष्मी के आदेश से ही चलेगा—यह इत्मीनान बन सकता था, लेकिन यहाँ तो...रिश्ते की बात उठी भी नहीं और लक्ष्मी मधुरेश के कहे पर चलने लगी, यू.एस. जाने का ख़याल ही छोड़ दिया। 'केयरिंग'...हुँह!

"लक्ष्मी! ये सिर्फ़ शब्द हैं...केयरिंग...लाइकमाइन्डैड वगैरह...सुनने में अच्छे लगते हैं, लेकिन इनके कोई मायने नहीं होते। ये डोरें हैं उस जाल की जो पुरुष स्त्री को फँसाने के लिए फेंकता है।"

"मैं व्यवहार देखती हूँ। उसी से शब्द उगते हैं।"

"साल-दो साल में आदमी का व्यवहार ठीक उल्टा होने लगता है।"

"मधुरेश ऐसा नहीं है, ही इज़ डिफरैंट!"

"शुरू में सब लड़कियाँ यही कहती हैं, यही सोचती हैं, लेकिन कोई पुरुष फ़र्क़ नहीं होता। सभी एक ही साँचे में ढले निकल आते हैं, चन्द दिनों में। अपने दिमाग़ से चलो बेटी। अभी तुम्हें अपना कैरियर बनाना है, विदेश में अनन्त सम्भावनाएँ हैं...यहाँ कुछ नहीं है।"

"क्या होता है कैरियर...उसकी माप सिर्फ़ पैकेज...पैसे से होती है। कम जौब ऐसे होते हैं जहाँ सचमुच काम करने का सन्तोष मिलता हो...और वे यहाँ भी हो सकते हैं। वहाँ पैसा महत्त्वपूर्ण नहीं रह जाता।"

"तुमने विदेश जाने का ख़याल मधुरेश के कहने पर छोड़ा है।"

"हो सकता है...उसका असर रहा हो थोड़ा-बहुत, लेकिन ज़्यादा मैंने अख़बारों, सोशल मीडिया वगैरह से जाना-समझा है...और मेरा यह सोचना है कि विदेश में सिर्फ़ भागमभाग है, पागल दौड़...रुपये के पीछे की। वहाँ पति-पत्नी दोनों जौब करते हैं, भागते रहते हैं आजीवन। उससे अच्छा है कि आदमी अपने देश में कम पैसों में अपना छोटा-सा घरौंदा बनाकर जिये... जिसमें पैसों के अलावा दूसरी चीज़ों के लिए भी समय रहे?"

"दूसरी चीज़ें...जैसे?"

"जैसे अच्छी किताबें पढ़ना, प्रकृति प्रेम, घूमना, यात्राएँ करना, बच्चों को स्नेह देना-लेना, उनकी अच्छी परवरिश।"

"तू घर बसाने का सोचने लगी अभी से?"

"कभी न कभी तो वह आएगा ही...तो जीवन की प्लानिंग में उसका ख़याल शुरू से ही क्यों न रखा जाए...!"

"मधुरेश से विवाह का सोच रही है क्या?"

"अभी तक तो नहीं। वह मुझसे प्रेम तो करता है। मैंने कहीं पढ़ा था कि लड़की को ज़्यादा तरजीह उसे देना चाहिए जो उससे प्रेम करता है, बनिस्बत उसके जिसे वह प्रेम करती है...लेकिन मैं इससे सहमत नहीं। महत्त्वपूर्ण है प्रेम...और प्रेम वह तभी है जब एकतरफ़ा न हो, जब दोनों एक-दूसरे से करते हों। मधुरेश मुझसे प्रेम करता है लेकिन मैं करती हूँ या नहीं, करती हूँ तो कितना...यह मुझे अच्छी तरह से देख-समझ लेना है। मेरे विदेश चले जाने से तो दरवाज़े ही बन्द हो जाएँगे।"

"उसके परिवार को देखा है?"

"यह हम दो व्यक्तियों के बीच का मसला है, परिवारों से क्या मतलब! मधुरेश ही क्या अपने सोचने में यह लाता है कि मेरे माँ-बाप साथ क्यों नहीं रहते?"

लक्ष्मी ने उसका मुँह बन्द कर दिया, एक तरह से। कल की यह छोकरी, उसकी ही सन्तान...हाथ से निकली जा रही है। राघव को बीच में लाना होगा, अभी तक जिसे रेखा एक किनारे रखती आई है, सोचती थी कि सभी मामलों को सुलझाने में वह अकेली ही सक्षम है। कोई बात नहीं...राघव भी झेले सन्तानों के झमेले। आख़िर पिता है। जहाँ सन्तान के भविष्य का सवाल हो, पिता को भी शामिल होना चाहिए।

राघव को फ़ोन पर सिर्फ़ यह कहा कि लक्ष्मी का एक मसला है जिस पर माँ, बाप और लक्ष्मी—तीनों मिलकर कुछ तय करें तो बेहतर होगा। वह एक हफ्ते का समय लेकर आ जाए...

राघव आ गया तो पहले उसकी और रेखा की अलग बैठक हुई, जिसमें उसने राघव को सारा मामला विस्तार से बता दिया, जो बातें रेखा और लक्ष्मी की हुई थीं...वे भी।

"वह अपना कैरियर चौपट करने पर तुली हुई है। एक से एक गधे विदेश जा रहे हैं, एजुकेशन लोन बड़ी सुविधा है।"

"हम अगर अपने लिए विचारों की स्वतंत्रता चाहते हैं तो वह हमें दूसरों को भी देना चाहिए।"

"वह अभी बच्ची है, क्या जानती है!"

"हम उसके सामने वे पक्ष रख सकते हैं जो उसके सोचने में न आए हों, आपने रख भी दिये हैं। उसके बाद उसका फ़ैसला।"

फिर तीनों की साथ बैठकें हुईं। राघव ने लक्ष्मी की बातें ध्यान से सुनीं—वे ही जो उसने अपनी माँ से कही थीं। उसके बाद राघव रेखा फिर बैठे।

"बाहर बड़े पैकेज की कोई ख़ास अहमियत नहीं है क्योंकि वहाँ खर्चे भी ज़्यादा होते हैं।" राघव ने कहा।

"उससे जीवन-स्तर तो ऊँचा होता है।"

"अगर जीने का वह एक तरीक़ा है तो यहाँ रहकर कमगुज़र में दूसरे सुख लेना भी एक है।"

"कैसे बाप हो तुम...बच्ची का जीवन स्तर ऊपर उठाने के बजाय, उसे नीचे की तरफ़ ढकेल रहे हो।"

"जीवन स्तर में सिर्फ़ पैसा ही नहीं होता।"

"तो और क्या होता है!"

"कितनी चीज़ें हो सकती हैं—विवाह, पति-पत्नी का प्रेम, पारिवारिक सुख, सादा जीवन, सन्तोष—लक्ष्मी ने बतायी ही हैं। लक्ष्मी के विदेश जाने पर तो उसके विवाह की बात ही आगे के लिए खिसक जाएगी।"

"विवाह ऐसा क्या ज़रूरी है।"

"यह हमें नहीं, उसे सोचना है।"

राघव जैसे आया वैसे ही चला गया। मामला वहीं का वहीं। आने वाले दिनों में लक्ष्मी ने अपनी ही यूनिवर्सिटी में यहीं पीएच.डी. के लिए रजिस्ट्रेशन करा लिया। मधुरेश ने कुछ नहीं किया। दिन वैसे ही बीतने लगे, सिर्फ़ अब लक्ष्मी और मधुरेश रेखा के घर में अधिक समय साथ बिताते थे।

कितने दिनों रेखा ने कुछ नहीं कहा, सोचती थी लक्ष्मी-मधुरेश में एक-दूसरे के लिए वितृष्णा अपने आप उग आएगी। वह होता नहीं दिखा तो उसने एक दिन लक्ष्मी से साफ़ कह दिया...

"मुझे तुम दोनों को इस तरह यहाँ घंटों बैठना पसन्द नहीं...फालतू समय बर्बाद करना, ड्रिफ्टिंग!"

"ममा!...मैं आपको बताने ही वाली थी। मधुरेश और मैं विवाह का सोच रहे हैं।"

"व्हॉट!" रेखा चीख पड़ी—"ये कोई उम्र है शादी की। तुममें से कोई सैटिल नहीं...किसके बल पर रहोगे...क्या मेरे या पापा के, या मधुरेश की उस दुकान के...कभी सोचा?"

"वह दुकान तो 'रिटेल' है जहाँ उसके पिता बैठते हैं। मधुरेश ने अपना अलग दफ़्तर खोला है...वह अपनी अलग बिजिनिस चलाएगा, उसके पिता का सपोर्ट है। मिलों से सीधा सम्पर्क कर रिटेल शौप्स को कपड़ा सप्लाई करवाना... लायजां, कोऔर्डीनेशन। हम न मधुरेश के परिवार पर, न आप पर बोझ बनेंगे।"

रेखा झुँझला आई लक्ष्मी के बचपने पर। फिर भी उसने ख़ुद को सँभाला, जानती थी कि इस पीढ़ी पर सख्ती नहीं चलती।

"देखो लक्ष्मी। मैं तुम्हारी माँ हूँ, तुम्हारा हित ही सोचूँगी। तुम जज्बात में बह रही हो, दुनिया का तजुर्बा अभी तुम्हें नहीं है। विवाह का मतलब जीवन भर के लिए ख़ुद को बाँध देना होता है। जिस आदमी से बँधे...उसकी सेवा करना आजीवन...और क्या। बच्चे...उनसे उम्मीद कि वे बुढ़ापे में तुम्हारा सहारा बनेंगे...तो आज कोई होता है सहारा क्या! तुम्हीं दो क्या हमारा सहारा बन सकती हो? इससे भी ख़राब होगा आगे का वक़्त...जब तुम्हारे बच्चों के बच्चे होंगे। तो यह सब बकवास है...जज्बात में आकर अभी से ख़ुद को बाँध देना बेवकूफी है। अभी तुम लोगों ने एक-दूसरे को ठीक से जाना तक नहीं। मैंने कितनी लड़कियों को ऐसी जल्दबाजी में किये गए विवाहों के बाद पछताते देखा है। विदेशों में इसीलिए 'डेटिंग' और 'लिव-इन' का चलन है जिससे कि एक-दूसरे को ठोंक बजाकर देख लिया जाए।"

"हमें मिलते-जुलते, साथ समय बिताते साल क़रीब हो गया। 'लिव-इन' सिर्फ़ विदेशों की नकल है, उसमें जो यह विकल्प रहता है कि कोई कभी भी बाहर निकल सकता है, वही दोनों को पूरी तरह एक नहीं होने देता। हम अपने प्रेम में ऐसे किसी ख़याल की दखल नहीं चाहते।"

"रहेगी कहाँ...क्या मधुरेश के घर में?"

"मैंने मधुरेश से साफ़ कह दिया है कि मैं अपने माँ-बाप के साथ खुली हवा में रहने की आदी हूँ, उसके घर एडजस्ट नहीं कर पाऊँगी। हम चाहे छोटे से घर में रहें, रहेंगे अलग ही। वहाँ आते-जाते रहेंगे, जैसे कि यहाँ। तो मधुरेश ने एक छोटा फ़्लैट बुक कर लिया है। विवाह के बाद हम वहाँ रहेंगे। जैसे ही मधुरेश का कारोबार जम गया, बड़ा फ़्लैट ले लेंगे।"

"और तू क्या करेगी...पापड़ बेलेगी?"

"मैं टीचिंग लाइन में जाऊँगी...इसी शहर के किसी कॉलेज में। पीएच.डी. करते हुए नैट में बैठूँगी। शहर के बाहर नौकरी के पक्ष में मधुरेश नहीं है।"

रेखा की लड़की...यह तो पुरुष की नौकरानी बनती जा रही है। उससे बात करना बेकार था। उसके बाप को बताकर सारा मामला उसकी तरफ़ फेंक दिया जाए...उसने राघव से फिर फ़ोन पर बात की—

"मैंने लक्ष्मी को बहुत समझाया—ये कोई उम्र है शादी की, अभी-अभी छब्बीस में उतरी है।"

"यही तो उम्र है...जब आप प्रेम महसूस कर सकते हैं, एक-दूसरे से ले-दे सकते हैं। दुर्भाग्य से आज लड़के-लड़कियाँ कैरियर के चक्कर में यह ख़ूबसूरत उम्र गवाँ बैठते हैं। पैंतीस-छत्तीस के पहले उन्हें शादी के लिए अवकाश ही नहीं मिलता। प्रेम की उम्र यों ही गुज़र जाती है।"

"दो दिन में हवा हो जाता है यह प्रेम का ज्वार!"

"इसीलिए तो...इन दो दिनों का फ़ायदा उठा लेना चाहिए। बाद में तो चाहे माँ-बाप की तय की हुई शादी हो, या लव-मैरिज...उसमें रूटीन का घुन लगना ही है। वे सही रास्ते पर जा रहे हैं। आप उनके प्रेम को नहीं समझ सकतीं क्योंकि आप प्रेम को ही नहीं मानतीं। मेरी राय है कि हमें उनके स्वतंत्र फ़ैसले की कद्र करना चाहिए। वैसे भी वे हमारे रोकने से नहीं रुकने वाले...तो हम क्यों न ख़ुश-ख़ुश उनका साथ दें।..."

लक्ष्मी कोर्ट मैरिज करने जा रही थी, जब वह रेखा की नहीं सुनती तो करे जो कुछ उसे करना है। राघव फिर बीच में आ गया—माँ-बाप गायत्री हाल में सादी-सी विवाह रस्म कर दें। अगर रेखा सहमत नहीं हैं तो वह ग्वालियर से कर सकता है। रेखा को मानना पड़ा...पाँच मिनट को बैठ जाएगी कन्यादान के लिए राघव के साथ।

कितना अजीब...राघव और वह सही मायने में अब पति-पत्नी नहीं, लेकिन लड़की की विवाह-रस्म में साथ बैठे। उसके मन में लड़की के लिए माँ जैसी कोई भावना नहीं...लेकिन कन्यादान करने बैठी। हम अपने लिए कम करते हैं, दूसरों के लिए...दिखावे के लिए ज़्यादा।

लक्ष्मी यह घर—जो कल तक उसका भी था, जहाँ वह स्वतंत्र फुदकती-कूदती रही थी—उसे छोड़कर छोटे से बाड़े में कैद होने चली गई,

उस नाचीज़ मधुरेश के साथ रहने के लिए। पढ़ने-लिखने में जितना तेज़ थी, उतनी ही मूर्ख निकली।

मधुरेश हनीमून के लिए मौरीशस घुमा लाया...बस। तीन-चार महीने में ही बच्चा पेट में आ गया। प्रसव के दौरान और बाद में लक्ष्मी को ससुराल वाले घर में ही रहना पड़ा...जहाँ न रहने का उसका इरादा था। वह और कसकर बँध गई। कैसे ये पुरुष लोग शुरू में ही बेड़ियाँ डाल देते हैं! लक्ष्मी ने नैट परीक्षा फट से पास कर ली। उसकी प्रतिभा और रेखा की परवरिश। असिस्टेंट प्रोफ़ेसरी मिल सकती है, लेकिन बाहर की नौकरी मधुरेष ने मना कर रखी है—इसी शहर में हो, जब हो। वह अपने घर का इकलौता लड़का है। उसे बुढ़ाते माँ-बाप की देखभाल करना है, अपने काम के साथ-साथ कपड़े की दुकान को भी देखते चलना है। लक्ष्मी अमेरिका जाती तो देश-देश फलाँगती-घूमती...अब यहीं ख़त्म हो जाएगी उसकी ज़िन्दगी। फिलवक्त इसी शहर में प्रोफ़ेसरी का इन्तज़ार करते हुए एक स्कूल की मास्टरी में अपनी फ़र्स्ट डिवीज़न और नैट को गला रही है। स्कूल जाती है तो बच्चे को सास के पास छोड़कर—एक पैर ससुराल में, एक अपने बाड़े में। एक क़दम पर मास्टरी, दूसरे पर महतारी...

रेखा की लड़की...नौकरानी!

लक्ष्मी को वह कभी नहीं बुलाती, उसे देखकर अफ़सोस, कुढ़न से ज़्यादा ग़ुस्सा आता है। वही आती रहती है...छोटी से मिलने के बहाने, लेकिन असल में यहाँ खुली हवा में साँस लेने के लिए। पहली बार बच्चे को लेकर आई थी तो रेखा ने तटस्थ भाव से सौ का नोट बच्चे की हथेली में फँसाकर रस्मअदाई कर दी। मधुरेश कभी नहीं आता...जानता है कि रेखा उनकी शादी के ख़िलाफ़ थी। मधुरेश के माँ-बाप से विवाह के मौक़े पर ही मिलना हुआ। रिश्तेदारी की चोंचलेबाजी के लिए रेखा के पास वक़्त नहीं। वे आएँगे...या रेखा गई कभी, तो एक ही बात के इर्द-गिर्द चकरी घूमती रहेगी—'राघव यहाँ क्यों नहीं रहते!' दुकानदारों का स्तर और क्या हो सकता है!

रेखा को सबसे ज़्यादा शिकायत लक्ष्मी से है—बेवकूफ ने माँ की सलाह नहीं मानी, मधुरेश के कहने पर चली। जिसे वह प्रेम मानती थी, वह पुरुष की चाल थी—मूर्खा यह नहीं समझी? रेखा की शिकायत राघव से भी है जिसने पिता होते हुए भी बेटी को कुएँ में ढकेल दिया। राघव से दूरियाँ और बढ़ गई हैं!

छोटी यूनिवर्सिटी में है। घर में अब दो ही—रेखा और छोटी। राघव का कमरा बन्द ही रहता है। छोटी, गुमसुम अपने कमरे में ही घुसी रहती है...पढ़ाई में डूबी हुई, क्या पता रेखा से बचने की कोशिश करती है। रेखा छोटी को अभी से सावधान कर देना चाहती है, लेकिन वह बातचीत से ही कतराती है। रेखा कभी बातों में घसीटने की कोशिश करे भी तो वह नपे-तुले जवाब देकर इधर-उधर हो जाती है। साथ रहते हुए भी बेटी माँ को अपरिचिता-सी लगती है।

छोटी भविष्य के बारे में बहुत सोचती-ओचती नहीं दिखाई देती; जबकि उसे सोचना चाहिए। यही समय है। पुरुष के जाल में फँसने के पहले जाल की पहचान आ जाना चाहिए। छोटी राघव से भी दूरी बनाए रहती है। वह जब कभी एक-दो दिनों के लिए यहाँ आया, तब भी छोटी उसके साथ कम बैठती है। राघव उसे अपने शहर घूमने आने का प्रस्ताव हर बार देता है, फ़ोन पर भी कहता होगा। छोटी एक बार भी नहीं गई।

छोटी से रेखा का अपरिचय गहराता जा रहा है। गाँठ सुलझाने के लिए वह राघव से बात करने बैठी, जब वह आया।

"मैं नहीं चाहती छोटी लक्ष्मी के रास्ते जाए।"

"आपका नज़रिया सब जानते हैं, लेकिन मैं नहीं मानता लक्ष्मी ने जो रास्ता चुना वह कोई ग़लत था। घर-गृहस्थी, रिश्तेदारी-ससुराल...इनके पक्ष में कितनी चीज़ें हैं। सास-ससुर के रूप में लक्ष्मी को नये माँ-बाप मिल गए। बिलकुल हो सकता है कि लक्ष्मी को हमसे ज़्यादा स्नेह उनसे मिलता हो। उसके बच्चे को दादा-दादी मिले, इस तरफ़ ज़रूर सिर्फ़ नाना है..." राघव थोड़ा हँसा।

"और घुटन जो होती होगी? वह बताएगी थोड़े?"

"आपको दिखती है। मुझे तो नहीं लगता कि लक्ष्मी वैसा कुछ महसूस करती है। वह आराम, सुविधाएँ ज़रूर नहीं हैं जो हमारे यहाँ थीं।"

"तब?"

"लक्ष्मी-मधुरेश संघर्ष करेंगे...और क्या! संघर्ष में भी सुख है।"

"तुम तो छोटी को भी उसी रास्ते ढकेल दोगे।"

"आपने लक्ष्मी को रोकने की कोशिश तो की थी?"

"थोड़ा 'लेट' हो गई। छोटी अपने पैरों पर कुल्हाड़ी मार ले...उसके पहले उसे खींच लेना होगा।"

"आजकल के बच्चे आपसे-हमसे ज़्यादा होशियार हैं। वे सब देखते हैं, अपने फ़ैसले लेते हैं।"

"छोटी मुझसे बात करने में कतराती है। तुम्हें उसे समझाना चाहिए... बाप हो।"

"वह अगर बात करना चाहेगी तो ज़रूर...लेकिन आपकी इन सब बातों की वकालत मैं नहीं करूँगा, अपनी राय भी उस पर नहीं थोपूँगा।"

"तुम्हारी राय क्या है, मैं भी तो जानूँ।"

"पहले तो यह कि बच्चे कच्ची उम्र में नहीं, बड़े होकर, मैच्योर होकर ही फ़ैसले करें, जो करें...जैसे अपनी लक्ष्मी ने किया...छब्बीस की उम्र में पहुँचकर। आज की पीढ़ी के बच्चे व्यक्तिवाद, आपका यह स्त्रीवाद...इनका खोखलापन देख चुके हैं। हमारी बेटियों ने तो अपने ही घर में देख लिया। वे परिवार, घर...जुड़ाव...इनकी तरफ़ झुक रहे हैं, बनिस्बत अपनी इकाइयों में ही सिमटे रहने के। मैं छोटी से कुछ कहने चलूँगा तो वह पहले यही कहेगी—पापा! आप अपना घर तो सँभालिए।"

"क्यों क्या कमी है हमारे घर में? थोड़ा अलग रहना ज़रूर है, लेकिन यह तो एक अरैन्जमैंट है जिसमें दोनों अपनी ज़िन्दगी अपनी तरह से जी सकें, अपना विकास कर सकें, अपनी लाइन पर चल सकें। इसमें क्या ख़राबी है। हम घर-परिवार में भी हैं और ख़ुद को अपने रास्ते चलने का मौक़ा भी दे रहे हैं।"

"मिलकर चलने का सुख तो नहीं है।"

"इसलिए कि हम फ़र्क़ हैं। वह कोशिश करें तो लड़ेंगे ही। उससे बच रहे हैं।"

"यह भी बच्चे देखते हैं। हमारा घर तो है लेकिन उसमें प्रेम नहीं; जबकि चाहिए दोनों—घर और उसमें प्रेम भी। लक्ष्मी ने दोनों का ही ख़याल रखकर चुनाव किया। वह सही रास्ते पर है।"

रेखा को राघव ग़लत लगता है। वह बच्चों पर ज़्यादा भरोसा करता है; जबकि हक़ीक़त यह है कि आजकल के ये बच्चे कमअक्ल हैं। उन्हें वह पढ़ाई नहीं मिली जो रेखा की पीढ़ी को मिली थी। क्या जानते हैं ये सिवा मोबाइल... लैपटौप, वाट्सअप के?

"मैं जानती हूँ तुम कुछ नहीं करोगे; लेकिन मैं माँ हूँ, छोटी को लक्ष्मी के रास्ते नहीं जाने दूँगी।"

"क्या करेंगी आप?"

"मैं उसे अभी से समझाऊँगी कि वह लड़कों से दूरी बनाकर रखे, उनके जाल में न फँसे...तभी वह स्वतंत्र और अपने हित में फ़ैसले ले सकेगी।"

"यह तो प्रेम के लिए अपने किवाड़ बन्द कर लेने जैसा हुआ।"

"व्हाट प्रेम! जो प्रेमी होने का दावा करते हैं, वे भी मौक़ा पाते ही दूसरी जगह मुँह मारने लगते हैं...जैसे कि तुम! कहते हो दीप्ति से सम्बन्ध का अलग 'शेड' है...अपनी सुविधा के लिए बढ़िया तर्क गढ़ लिया। प्रेम...माई फुट! कुछ नहीं है यह, स्त्री-पुरुष के शरीरों में पारस्परिक खिंचाव के अलावा। नये-नये की तरफ़ खींचता है, उसे वे चाहे जो नाम देते रहें। पहली उम्र में यह ज़्यादा तेज़ी से दौड़ता है, युवक-युवतियों को अन्धा बना देता है। नशा उतरा, फिर पछताने के अलावा कुछ नहीं रह जाता।"

"वह हो भी तो नई उम्र में प्यार जी लिए—यह सन्तोष तो आजीवन रहता है।"

"खाक! लक्ष्मी अब पछता रही है कि नहीं?"

"आपको कैसे पता। उसने आपको बताया क्या?"

"उसकी आँखों के नीचे असमय ही उग आई झाँई नहीं दिखाई देती तुम्हें? वह मुझसे ये बातें नहीं करेगी। तुमसे तो हुई होंगी।"

"हाँ, हुई हैं, वह ख़ुश है।"

"किस मुँह से कहेगी कि वह दुःखी है!"

"आपसे न कहे, मुझे तो निश्चित बताती। मैंने अपने और उसके बीच कभी किसी पूर्वग्रह को नहीं आने दिया, उससे दोस्त का रिश्ता रखा है।"

"इतनी पढ़ी-लिखी, आधुनिक संस्कारों वाली लड़की दुकानदार सास-ससुर को कैसे बर्दाश्त करती होगी, कर ही नहीं सकती।"

"फ़ोन पर पिछली बार मैंने उससे पूछा था कि वह सास-ससुर के साथ कैसे एडजस्ट करती है। उसने बताया कि वे बहुत अच्छे इन्सान हैं, उसे बहुत आदर और प्यार देते हैं।"

"लक्ष्मी तनख्वाह जो लाती है उनके यहाँ। वे आदर वगैरह जताएँगे ही। लक्ष्मी बौड़म है जो यह नहीं समझती।"

"ऐसा नहीं है। उसके सास-ससुर बहुत पढ़े-लिखे न हों, उनमें अपनी इकलौती बहू के लिए सहज प्यार बिलकुल हो सकता है। पढ़ा-लिखा होने से बड़ी चीज़ है यह—आत्मीयता। पढ़े-लिखों में अक्सर सूख जाती है, बहुत हुआ तो भी दबी-दबी रहती है। कम पढ़े-लिखों में यह सहज बहती है। आप नहीं समझ सकेंगी क्योंकि आप प्रेम को ही नकारती हैं।"

राघव उठ गया। वह उस तरह की बातें ही तो करेगा, जो उसके अपने आचरण को भी सही ठहराती हों। वह चाहता है कि रेखा और वह पहले की तरह साथ रहने लगें, सब गुडी-गुडी चलता रहे...लेकिन जिसका सम्बन्ध दूसरी औरत से हो, रेखा उसकी गन्ध ही अपने कमरे में बर्दाश्त नहीं कर सकती। यही ठीक है राघव दूसरे शहर में रहे, उसे जो करना है वहाँ वह करता रहे। जो विचार रखना हो रखे, जैसे चलना हो चले। रेखा उसके साथ नहीं रह सकती। वह अपने काम यहाँ से करती रहेगी।

छोटी प्रश्नचिह्न की तरह अब भी खड़ी थी। किस रास्ते जाएगी वह—लक्ष्मी, राघव या कि रेखा के?

2020...डूब कर जाना है...

मोहित में ऐसा क्या है कि रूपा खिंची चली जाती है? साधारण युवा की क़द-काठी, गोरा रंग ज़रूर...तो उस पर भारतीय मूँछें, जो आज के भारतीय युवक ज़्यादातर नहीं रखते। गोरे रंग पर वे मूँछें फबती तो हैं कि, मूँछें और गोरा रंग दोनों ही आकर्षक हो जाते। इसी तरह सिर पर काले बाल, न रूपा के बाल की तरह बहुत घने, न छितरे-छितरे ही। उतने ही जितने होने चाहिए। शिक्षा...साधारण, बीएस.सी., बोली की मिठास से फैल जाती है। ऐसी रसमय बोली कि साधारण बात भी कविता बन जाती है। बातचीत में विज्ञान और कला का संगम, व्यावहारिक और रोमांटिक...दोनों। किसी लड़की को और क्या चाहिए...क्या हुआ जो घर की परिस्थितियों के कारण वह आगे न पढ़ सका, एक दवा कम्पनी का मेडिकल रिप्रेजेंटेटिव होकर रह गया, हालाँकि परिचय कार्ड उसे मार्केटिंग एक्ज़ीक्यूटिव कहता है, वह ख़ुद भी।

मोहित अब भी डॉक्टर बनना चाहता है, 'नीट' की तैयारी के लिए कोचिंग में जाता है, जो रूपा ले रही है। उससे मुलाकात कोचिंग सेंटर में ही हुई। बाहर के दौरे मोहित की कोचिंग में गैप डालते थे, जिसे रूपा भरने की कोशिश करती।

रूपा इस शहर में कोचिंग के लिए ही आई है। चार-पाँच लड़कियों ने एक घर को किराए पर लेकर हॉस्टल जैसा बना लिया है, मोहित एक परिवार के साथ पेइंग गेस्ट होकर रहता है...

कोचिंग सेंटर से निकलते-निकलते शाम हो गई थी। आसमान में काले बादल घने हो रहे थे। दोनों मोहित के स्कूटर की तरफ़ बढ़ रहे थे।

मोहित रूपा को उसके हॉस्टल छोड़ देगा। एकाएक तेज़ बारिश आ गई। रूपा ने अपने बैग से छतरी निकाल ली और बारिश के थमने के इन्तज़ार में दोनों छतरी के नीचे सड़क किनारे खड़े हो गए। इतने पास पहले कभी नहीं हुए थे, क़रीब-क़रीब सटे हुए। छाते के नीचे रूपा के ऊपरी होंठ पर मूँछों की हल्की गुदगुदाहट बिछ रही थी, जिसे मुँह में लेने के लिए उसके होंठ भी बढ़ गए। रूपा के जीवन का पहला चुम्बन। छाते के ऊपर बरसात की टपाटप, अगल-बगल पानी का भीगापन, अन्दर होंठों का रस...अगले कितने दिन जो अकेले ही उसके होंठों पर उतरा आता।

कुछ दिनों बाद ही...

मोहित साइकिल पर आया था, उसका स्कूटर ख़राब था। रूपा का मन साइकिल पर बैठने का हो आया...वह आगे बैठी। दोनों तरफ़ हैंडिल पर मोहित की बाँहें...गरमाहट। एक वीरान जगह साइकिल सुस्ताने को खड़ी हुई और एक दरख़्त के नीचे अँधेरे में बाँहों ने जो साइकिल में फिर भी फासले पर थीं...रूपा को घेरे में ले लिया। धीरे-धीरे बढ़ता कसाव और होंठों पर बरसात की उस शाम के रस को लौटा-लौटा लाने की छटपटाहट।

वे क़रीबतर होते चले गए।

बढ़ते आकर्षण के उन्हीं दिनों मोहित ने एक रोज़ सीधे-सीधे कहा—'मुझसे शादी करोगी? मेरा ख़याल है हमारी जोड़ी अच्छी रहेगी...तुम डॉक्टर और मैं कम-से-कम दवा कम्पनियों का एजेंट तो बन ही जाऊँगा...' और वह हँस दिया।

रूपा एकाएक सोच में पड़ गई। वह तयशुदा कैरियर के रास्ते थी और मोहित के इर्द-गिर्द सब कुछ अनिश्चित। बीएस.सी. के अलावा वह क्या था, मार्केटिंग का डिप्लोमा तक नहीं। सिर्फ़ दवाएँ बेचने का अनुभव, वह भी एक ही कम्पनी का। लेकिन मोहित के लिए जो उसका आकर्षण था...उसने विरोधी तर्क तत्काल पकड़ लिए—रूपा भी क्या थी अभी—एम.बी.बी.एस., माने ग्रेजुएट के लिए प्रयत्नशील। डॉक्टर बन ही जाएगी...यह भी तय है क्या! मौजूदा वक़्त वे दोनों एक ही धरातल पर थे। आगे कुछ बनें...यह मिलकर भी किया जा सकता है...वह लुभावने सपनों में खो गई। घर में बात उठाई।

"मोहित दांगी मेरा कोचिंग क्लास-फैलो है। मुझसे शादी करना चाहता है...मैं भी उसे पसन्द करती हूँ।"

"क्या नाम बताया?" डैडी चौंके।

"मोहित दांगी।"

वे एकाएक गम्भीर हो गए। रूपा ही मोहित के बारे में बताती चली गई। वे सुनते रहे, चेहरा खिंचता चला गया, आख़िर फट पड़े—

"मेडिकल रिप्रेजेंटेटिव...दवाएँ बेचने वाला...व्हाट स्टेटस!"

"मेरा भी अभी क्या है!"

"आगे तो हो सकता है?"

"उसका भी। वह भी 'नीट' की तैयारी कर रहा है।"

"तेरे कामयाब होने के चान्स हैं क्योंकि तेरा फोकस तैयारी पर है। वह दवाइयाँ बेचता फिरता है, पढ़ेगा क्या। दवाइयाँ बेचने में तरक्की नहीं दिखाई तो कम्पनी ही निकाल बाहर करेगी।"

रूपा को पिता असभ्य लगे। फिर भी उसने डोर नहीं छोड़ी—

"इसी लाइन में आगे बढ़ते हुए वह एक कम्पनी का नौकर न रहकर कितनी दवा कम्पनियों की एजेंसी ले सकता है, अपनी बिजिनिस जमा सकता है...और मैं ही अपनी सारी पढ़ाई के बाद डॉक्टर न बन पाई तो आप मेरी शादी का ही तो सोचेंगे। तब मुझे अपने मन का व्यक्ति मिलेगा...इसकी कोई गारंटी है?"

"ऐसा तो मिलेगा ही जो घर-परिवार चला सके।"

"वह मोहित भी कर लेगा।"

"जो लड़कियाँ कैरियर बनाने निकलती हैं, वे इतनी जल्दी शादी का नहीं सोचतीं। अभी तुम्हारे डट कर पढ़ाई करने के दिन हैं...हमें ही तेरी शादी की जल्दी नहीं है!"

रूपा को भी यह अजीब लगा। ज़्यादातर तो माँ-बाप लड़की के विवाह के लिए जल्दियाते हैं...यहाँ वह। उसे थोड़ा शर्म आई।

"मोहित विवाह अभी चाहता है।"

"वह तो चाहेगा ही...ओ.बी.सी. को कहाँ मिलेगी ब्राह्मण लड़की!"

पिता का पूर्वग्रह आख़िर सामने आ गया, लेकिन रूपा ने शालीनता बनाए रखी—

"डैडी! ये आपकी पीढ़ी के ख़यालात हैं। आज के लड़का-लड़की यह नहीं सोचते।"

रूपा भी सचमुच चाहती थी जल्दी—मोहित के साथ होना, उसके साथ दिन-रात रहना। अभी न मोहित का कोई घर है, न रूपा का ही—जहाँ वे मुक्त होकर प्रेम कर सकें। सुनसान जगह तलाशते फिरते हैं...कभी किसी घने पेड़ का अँधेरा, कभी कोई वीरान पुलिया...जहाँ उसी दिन चार-पाँच आवारा लड़के पहुँच गए और फब्तियाँ कसने लगे। जल्दी वहाँ से खिसक लेना पड़ा, मुँह में कड़वा स्वाद लिए...हमारा हिन्दुस्तान भी अजीब मुल्क है...लोग लड़का-लड़की को साथ ही नहीं देख सकते! कब तक वे प्रेम करने के लिए सड़कों पर यों भटकते फिरेंगे...पहले तो 'नीट' का इम्तहान...वह या मोहित कामयाब हो भी गए तो फिर एम.बी.बी.एस. के कितने साल...और सिर्फ़ एम.बी.बी.एस. क्या है इन दिनों, कम-से-कम एम.डी. चाहिए। आधी ज़िन्दगी पढ़ने में ही निकल गई। इतना धैर्य है क्या रूपा में? मोहित को माँ-बाप की रजामंदी लेने की ज़रूरत नहीं, उसे भी क्यों हो...क्या सिर्फ़ इसलिए कि वह लड़की है? फिर भी उसने एक बार और घर में बात की, इस बार माँ के रास्ते...

"डैडी अभी तेरे विवाह के पक्ष में बिलकुल नहीं हैं।"

"उन्हीं की चलेगी? तुम्हारी और मेरी नहीं क्योंकि हम औरत हैं! मेरी भी नहीं; जबकि ज़िन्दगी मेरी है..."

पिता ने सुना तो वे बलबलाये...

"पढ़ाई के लिए पैसे लगाने की बात हो...तब माँ-बाप हैं, विवाह के लिए...ज़िन्दगी आपकी है। विवाह का फ़ैसला सिर्फ़ आप करेंगी! मेरी राय कुछ नहीं!"

"आपकी यह राय है, माँ की?"

"उसकी कहाँ दूसरी है।"

"आपकी राय ही उनकी हो—उनमें यह आदत वर्षों से डाल दी गई है।"

"तो तू माँ-बाप के सम्बन्धों में भी दखल देने लगी। दवाई बेचने वाले उस लड़के की सोहबत का असर है यह।"

"आप उससे मिले भी नहीं...और राय बना ली।"

"मुझे नहीं मिलना किसी से क्योंकि मैं अभी तेरे विवाह के ही ख़िलाफ़ हूँ...किसी से भी।"

"हमारे फ़ैसले कुछ और हो सकते हैं!"

"तो तेरी पढ़ाई का खर्च....और आगे जो भी...वही उठाए दवाइयाँ बेचने वाला।"

"यह तो ब्लैकमेल हुआ।"

"हम इतने मूर्ख नहीं हैं कि पैसा लगाते रहें और हमारी बात न मानी जाए।"

"माने मैं आपकी बेटी न हुई...ख़रीदी हुई कोई चीज़ हो गई!"

"ब्लैकमेल यह है...इमोशनल ब्लैकमेल!"

डैडी उठकर बाहर चले गए। उन्होंने अपना रुख साफ़ कर दिया था। जो रूपा के कभी ख़याल में भी नहीं आया था—मोहित की जाति-आति वाली बात, वह पिता के नीचे धँसी बैठी थी। उसे जामा पहनाने के लिए ही उनकी दूसरी बातें थीं। मोहित की जगह अगर कोई दूसरा, ऊँची जाति वाला होता... तब भी पिता का रवैया क्या यही होता? रूपा को विरोध करना ही था।

मोहित को उसने सारा कुछ बताया।

"हम बच्चे नहीं हैं...वयस्क हैं, तो वयस्क की तरह ही हमें सोचना-करना चाहिए। सबसे पहले तो यह कि तुम्हें तो मेरी जाति को लेकर कोई परेशानी नहीं है?"

"मेरे मन में तो यह बात कभी आई ही नहीं...डैडी ने जिस ज़ोर-शोर से उठायी, तब भी नहीं। मेरे लिए वह कोई अहमियत नहीं रखती। मेरे लिए तुम एक व्यक्ति हो और मैं उससे प्रेम करती हूँ।"

"मैं तुम्हारी पढ़ाई का खर्च उठाऊँगा, जैसे भी। ज़्यादा से ज़्यादा क्या होगा—मैं डॉक्टर नहीं बन सकूँगा...तुम तो बन जाओगी। हाँ, हमारे खर्च ज़रूर कन्जर्वेटिव रहना होंगे...जैसे अभी। स्कूटर-साइकिल, कार नहीं।"

"हमारे प्रेम के साक्षी ये ही हैं।"

"इसी तरह हम सिर्फ़ छोटे-से फ़्लैट में रहेंगे, किराए के।"

"हमें कौन कोई पार्टियाँ देना है कि बड़ा घर चाहिए।"

"एक बात है—अभी हमने एक-दूसरे को ठीक से जाँचा-परखा नहीं है। हमें हर तरह से देख लेना चाहिए कि कम कौम्पैटिबिल हैं या नहीं। इसलिए शुरू में हम 'लिव-इन' में रहेंगे..."

रूपा भी यही चाहती थी कि कोई बड़ा क़दम उठाने के पहले उसे ठीक से देख लेना चाहिए कि जिसे वह प्रेम समझती है, कहीं वह इन्फैचुएशन मात्र तो नहीं! एक-दूसरे का व्यक्तित्व तो अभी उनकी पहचान में ही नहीं आया। अभी वे कितना कम मिले हैं, जब मिले हैं तो दूसरे के सामने अपना श्रेष्ठ लेकर ही आए। साथ रहेंगे तो असल में जो हैं वह एक-दूसरे के सामने आएगा। उससे हम कितना एडजस्ट कर पाते हैं...यह देखना होगा...लेकिन बीच में ही अगर कहीं मोहभंग हो गया, तब रूपा न घर की न घाट की...क्योंकि माँ-बाप का घर तो छूट ही चुका होगा, उसकी पढ़ाई भी छूट चुकी होगी। मोहित ने उसका हल निकाला...वह भी तो रूपा से उतना ही प्रेम करता है।

"तुम्हारा परिवार छूटेगा तो मैं भी ख़ुद को अपने परिवार से काटकर रखूँगा। कोचिंग के छः महीने...और एम.बी.बी.एस. के पाँच साल...साढ़े पाँच साल जो तुम्हारे पिता तुम्हें भेजते...उतनी रकम मैं तुम्हारे बैंक-खाते में डाल दूँगा। उसके बाद ही हमारा 'लिव-इन' शुरू होगा।"

"यह तो बिजिनिस डील हुआ। 'लिव-इन' का आधार ही अविश्वास! मुझे यह सब नहीं चाहिए...हम एक-दूसरे से प्रेम करते हैं...बुनियादी बात यह है। अपने से सम्बन्धित चीज़ों का हल तो हम निकाल लेंगे...पर बाहर जो समाज फैला हुआ है उसे अदेखा नहीं कर सकते। हमारे समाज में 'लिव-इन' चल ज़रूर पड़ा है, लेकिन उसे अच्छी नज़रों से नहीं देखा जाता। विवाहिता को जो आदर मिलता है, वह तो दूर...बेचारे छिपे-छिपे दबे-दबे रहते हैं। पश्चिम की तरह हमारी जीवन-शैली अभी इतनी व्यक्ति-केन्द्रित नहीं है कि हमें बाहर से कोई मतलब ही न रहे।"

"तो?"

"जो तुम सोचते हो कि विवाह के पहले हमें एक-दूसरे को अच्छी तरह जाँच-परख लेना चाहिए...वह हम इस तरह भी तो कर सकते हैं—तुम एक स्वतंत्र कमरा ले लो, मैं ज़्यादा वहीं रहूँगी, दिखाने के लिए इसी हॉस्टल में। हमारी पढ़ाई इसी तरह चलती रहेगी। इससे डैडी की भी बात रह जाएगी। उनसे सम्बन्ध नहीं टूटेंगे। 'लिव-इन' में रहने लगे तो वे हमारे दुश्मन हो जाएँगे। मेरी फ्रेंड तारा 'लिव-इन' में थी, पिता मिलने आए तो बाप-बेटी में ख़ूब गाली-गलौज हुई। मैं यह नहीं चाहती—इसलिए अपने सम्बन्ध पर थोड़ा पर्दा डाले रखना ही बेहतर। हो तो सीधा विवाह...जब भी।"

दोनों इसी रास्ते चले। रूपा हॉस्टल में ही बनी रही, घर से पैसे वैसे ही आते रहे। रूपा ने फिर घर में मोहित का क़िस्सा भी नहीं उठाया, ऐसा दिखाया जैसे वह पिता की डाँट के आगे ढह गई। पिता से बातचीत सिर्फ़ औपचारिक। उनसे सीधा बात करना टाल जाती, जैसे कि छुट्टियों में घर जाना ही पढ़ाई का बहाना कर देती। माँ-बाप ने भी सारा कुछ बेटी पर छोड़ दिया था...आज के लड़के-लड़कियाँ ये कहते अक्सर सुने जाते हैं...'वे रिलेशनशिप में हैं'... तो ये रिलेशनशिप्स तो चलते रहेंगे, बेटी उनसे निपटती-सुलझती रहेगी, रूपा मोहित का ज़िक्र भी आजकल नहीं करती...माने वह 'रिलेशनशिप' ख़त्म है... वे क्यों कुरेदें।

मोहित ने एक छोटा-सा फ़्लैट किराए पर ले लिया, जहाँ रूपा ज़्यादा समय बिताती। एक चाभी मोहित के पास, एक उसके पास। फ़्लैट की सफाई वगैरह... सब ऐसे करती जैसे वह विवाहिता थी, और यह उनका घर था। उन्होंने अपना 'किचिन' सजा लिया था। दोनों मिलकर खाना बनाते, बर्तन धोते...वहाँ भी प्रेम। झाड़ू रूपा लगाती तो मोहित होटलों की तर्ज पर खड़े-खड़े पोंछा लगाता। कोई बाई नहीं रखी क्योंकि वह बेकार की तहकीकात करती, बातें बाहर फैलाती। मोहित बाहर किसी शहर गया होता...तो रूपा उसका बेसब्री से इन्तज़ार करती, उसके वापस आते ही सब कुछ छोड़ फ़्लैट पहुँच जाती। वे लिपट जाते। एक बार रूपा के बाएँ पैर में ज़ोर की कम्पन और साइटिका सरीखा तीखा दर्द उठा।

मोहित ने दर्द की हिस्सेदारी करते हुए पैर की आधा घंटे तक मालिश की। दर्द थमा तो रूपा भीगी आँखों से मोहित को देख रही थी। उसने मोहित के मुँह को अपनी छाती पर ले लिया। मोहित के होंठ वहाँ फिरते दिखे तो उसने अपने स्तन खोल दिये। मोहित पागल...कितनी देर स्तनों को अपनी आँखों, मुँह पर मलता, इधर से, उधर से पीता चला गया...

अब वे बाहर के लिए भले पहले जैसे, अपने लिए पति-पत्नी थे। कोई रोक-छेंक नहीं, सिर्फ़ यह ख़याल रखना था कि गर्भ न रहे, जिसके लिए रूपा गोलियाँ लेती रहती। उन दिनों उन्होंने जी भरकर प्यार किया। मोहित उसके शरीर के एक-एक कोने को चूमता, प्यार के चरम-क्षणों में क्या-क्या तो बुदबुदाता। वह आँखें मूँदे सुख लेती, मोहित जो-जो चाहता करने देती, उसे तरह-तरह की काम-क्रीड़ाओं का सुख लेते देखती। तृप्ति के बाद वह कहता—'हम शरीर की उपेक्षा नहीं कर सकते। विवाह के पहले यह भी देख लेना चाहिए कि शरीर के मामले में भी हम कौम्पैटिबिल हैं या नहीं... 'लिव-इन' इसीलिए होता है।' कभी-कभी मीठी शिकायत करता—'तुम आँखें बन्द किये पड़ी रहती हो। हर चीज़ में संकोच छोड़, ख़ूब एक्टिव होकर हिस्सेदारी किया करो, वर्ना मुझे कैसे पता चलेगा कि तुम्हें सुख मिल रहा है या नहीं।' रूपा सिर्फ़ इतना कहती—'तुम्हें सुख मिलता है...इसी में मेरा सुख है!'

कुछ महीने इस तरह बीते...कि रूपा ने महसूस किया कि उसके लिए मोहित की व्यग्रता धिमा रही है। वह रूपा को फ़्लैट पहुँचने के लिए कहता और ख़ुद देर से पहुँचता। रूपा फ़्लैट में अकेली...कुछ समय घर के कामों में, कुछ पढ़ाई में, बाकी अकेलेपन को झेलती बैठी रहती। पहले मोहित दूसरे शहर से जब भी आता, रूपा के लिए कुछ न कुछ लाता था। नहीं हुआ तो रूपा को खिलाने के लिए उसकी पसन्द की कोई न कोई चीज़। अब पैसे बचाता दिखता था। उसके प्यार में पहले जैसी गरमाहट नहीं थी...औपचारिकता जैसी चीज़ आती जा रही थी। रूपा में भी थोड़ा परिवर्तन आया था। वह फ़्लैट में ऐसे आती-जाती, जैसे दफ़्तर आते-जाते हैं!

मोहित दूसरे शहर में था और प्रोग्राम के हिसाब से उसे आज पहुँच जाना था।

पहले वह उस शहर से निकलने के पहले फ़ोन करता था—"...बजे पहुँच जाऊँगा, घर पर ही मिलना, मुझसे इन्तज़ार नहीं होता, तुम जानती तो हो"। रूपा गर्व से भर जाती। उसे पहुंचने में देर हो गई, मोहित पहले पहुंचा हुआ तो वह रुष्ट होकर कहता—'देरी का दंड तुम्हें मिलेगा, ज़रूर मिलेगा...' और वह नहाना-धोना, खाना-पीना छोड़ एकदम रूपा से लिपट जाता, कुछ ज़्यादा ही उद्दाम होकर प्यार करता था। फ़ोन उसका आज भी आया—

"आज नहीं आ रहा डियर! काम ज़्यादा है।"

रूपा चौंक गई, मुँह से सिर्फ़ ठंडा-ठंडा निकला—"कब पहुँचोगे?"

"कह नहीं सकता...शायद दो-तीन दिन लग जाएँ।"

रूपा ने फ़ोन रख दिया, ख़ुद को समझाती रही कि मोहित को सचमुच एकाएक ज़्यादा काम आ गया होगा, कम्पनी का दबाव हो सकता है...लेकिन पहले कैसे वह प्रोग्राम के हिसाब से आ जाता था, कभी-कभी तय समय के पहले ही पहुंच जाता था। कहीं मेडिकल कम्पनी की जगह कोई दूसरी कम्पनी तो नहीं, दिलफेंकू तबीयत का तो वह है ही, कैसी-कैसी रसभरी बातें कर लेता है, मोह लेता है जैसे रूपा को किया था।

वह लाख बुझाने की कोशिश करती, लेकिन शक की आग सुलग-सुलग उठती। उसने अपनी तरफ़ से फ़ोन नहीं किया। मोहित का फ़ोन अगले दिनों नहीं आया तो रूपा का खटका गहराया। पाँच दिनों बाद उसका फ़ोन आया—"आज दो बजे तक पहुँच जाऊँगा। खाना बनाकर रखना, बाहर का खा-खाकर थक गया यार!"

सीधा आदेश। यह भी नहीं पूछा कि वह कैसी है...कैसे रही इतने दिनों। बस 'मिलते हैं' कहकर फ़ोन रख दिया। मानकर चलता है कि रूपा आदेश का पालन करेगी ही...

वह कोई नौकरानी है?

रूपा नहीं गई। फ़्लैट पहुँचते ही मोहित ने फ़ोन किया, खीझा हुआ था—

"यह क्या...मैं थका पहुँचा हूँ और न यहाँ तुम हो, न खाना। क्या खाऊँ मैं...ऐं!"

"बाहर कहीं जाकर खा लो, जैसे इतने दिनों खाते रहे हो।"

"तुम कब आओगी?"

"अभी कुछ दिन तो नहीं।"

"क्यों?"

"क्योंकि मैं घर जा रही हूँ।"

"कोई ख़ास बात?"

"अरे...ख़ास बात होना ज़रूरी है? घर जाते हैं क्योंकि वह घर है।"

"कब लौटोगी?"

"कह नहीं सकती, वहीं तय होगा। रखती हूँ...बस का टाइम हो रहा है।"

रूपा ने घर जाने का कार्यक्रम बना लिया था। यहाँ रहकर वह कमज़ोर पड़ सकती थी, जो वह नहीं होना चाहती थी। मोहित को भी तो पता चले!

घर में इस बार वह पहले से ज़्यादा आत्मीय रही। पिता के लिए भी रोष, तटस्थता पहले से कम। उनके साथ उठी-बैठी। माँ-बाप को सुखद आश्चर्य था कि इस बार बेटी कैसे इतना ज़्यादा रुक रही है। रूपा ने ख़ुद को ढीला छोड़ दिया था, अपनी उधेड़-बुनों के शान्त हो जाने की प्रतीक्षा कर रही थी। मन सब कुछ भूल मोहित के पास पहुँच जाने का फिर भी करता था...वह काम की वजह से ही रुका होगा, कोचिंग में इतना गैप क्यों होने देता भला... लेकिन उसका रवैया जो इसके पहले बदला-बदला सा था...वह रूपा के ध्यान से हटता नहीं था। मोहित की बोली का रस कहाँ गया...उसकी जगह ऊब जैसी चीज़ रूपा की सूँघ में आती थी। इतने दिनों उसका फ़ोन एक बार भी नहीं आया। अभी से पति का अहं-रूपा अपने घर गई ही क्यों...उसी दिन जिस दिन वह आया? वही क्यों इतने दिनों बाद आया! खाना बनाकर रखना...हुकुम चलाता है, रूपा पर अपना अधिकार मानकर चलता है। रूपा का शरीर उसका अपना है, उस पर किसी दूसरे का अधिकार नहीं...रूपा किसी को दे या न दे। मोहित से सम्बन्ध को पीछे देखती है तो उसे लगता कि वहाँ शरीर ज़्यादा रहा है, मोहित के व्यक्तित्व में कामुकता ज़्यादा है। शुरू-शुरू की उसकी बोली की मिठास रूपा के शरीर को पाने, उसे भोगने के लिए भूमिका जैसी थी।

उसे पा लिया, भोग लिया तो रूपा अब सिर्फ़ भोग्या है उसके लिए। मुड़-मुड़कर जब भी पीछे देखती तो उसके सामने मोहित की कामुकता भरी हरकतें ही सामने आतीं। उसमें पैशन ही पैशन है। रूपा का मन घिना जाता। उसकी 'पैशन' कभी कोई भयंकर आकार भी ले सकती है...वह शारीरिक प्यार में जितना उद्दाम होता था...उतना आक्रामक भी हो सकता था। अति-परिचय आगे चलकर उन्हें कहाँ पहुँचाएगा—रूपा झुँझलाएगी, जो मोहित में आक्रमकता पैदा करेगी। अख़बारों में आए-दिन कैसी-कैसी क्रूर घटनाओं की खबरें आती हैं—'लिव-इन पार्टनर ने अपनी प्रेमिका को मारकर लाश के टुकड़े-टुकड़े कर डाले; फ्रिज में रख दिया, बड़े सवेरे बोरे में भरकर कहीं जंगल में फेंक आया...या प्रेमिका फाँसी पर झूल गई। हर बार लड़की ही शिकार...

रूपा डर गई।

अच्छा हुआ कि दीवानगी में वह हर तरफ़ से ख़ुद को काटकर सचमुच के 'लिव-इन' में नहीं गई, जाती तो उसके सामने आज क्या रास्ता बचता... सिवा आत्महत्या के?

क्या लौटकर एक बार और मोहित को परखे? परखना तो इसी रास्ते होगा जो चलकर आई है...लेकिन विवाह में भी तो यही होता है। ऊब, वैमनस्य, पति या पत्नी का किसी दूसरे से लगाव और नहीं तो शक ही। वे झेलते हैं क्योंकि वहाँ निबाहने की मजबूरी होती है जो रूपा के यहाँ नहीं है। सवाल घर का है...जो माँ-बाप के घर के बाद उसका होगा। रूपा को तय करना है कि वह इस शख़्स के साथ घर बसा सकती है या नहीं, उसके साथ पूरा जीवन बिताया जा सकता है क्या? मोहित में क्या है सिवा शरीर के और शरीर से उकताहट इतने दिनों में ही होने लगी। मोहित में वह भाव नहीं जो शरीर के पार भी प्रेम का अहसास कराता है। उसके लिए शरीर ही प्रेम है...और अब यह नया—पुरुष वाली हेकड़ी...हुकुम चलाना, रूपा को पत्नी की तरह हाँकना अभी से।

क्या इसी रास्ते ही आगे चलकर उस भाव तक पहुँचा जा सकता है, जिसे प्रेम कहते हैं? विवाहित लोग इसी उम्मीद के साथ सब कुछ झेलते

हुए चलते रहते हैं, 'लिव-इन' वाले नहीं झेल पाते...सपनों की ऊँचाई से वे गिरते हैं...झटका लगता है, जैसे अन्तरिक्ष से उतरते किसी यान को धरती की आकर्षण-परिधि से टकराने पर लगता है। इसे वे बर्दाश्त नहीं कर पाते...तब लड़का बौखला कर मारता है, लड़की पंखे पर लटक जाती है...

रूपा इतनी पागल नहीं है, मोहित भी फिलहाल तो नहीं है, लेकिन आगे हो सकता है। इस रास्ते चलकर रूपा उसकी कामुकता को अग्नि ही देगी और फिर...जो जितना कामुक, उतना ही आक्रामक!

सब कुछ भूल, रूपा अपनी ज़िन्दगी में लौट आए। क्या वह एकदम पहले जैसी हो सकेगी? उसे अपने जीव से कीचड़ जैसा कुछ चिपका-चिपका क्यों लगता है। जिससे विवाह होगा उसके पास जब जाएगी तो क्या अपराध-बोध लिए हुए...

लेकिन क्यों? आज कौन लड़की है जो विवाह के पहले ऐसे अनुभवों से नहीं गुजरी! जो बत्तीस-तैंतीस में जाकर विवाह करती हैं, सिने-तारिकाएँ? ये सब क्या दूध की धुली होती हैं? मासिक धर्म के बाद हर लड़की धुली हुई निकल आती है!

कोचिंग वाले शहर रहकर रूपा बची न रह सकेगी। उसने ख़ुद को खींचकर रखा भी तो अपमान की आग में जलकर मोहित आक्रामक हो सकता है, रास्ते चलते रूपा के मुँह पर एसिड फेंक सकता है। यही तो करते हैं ये बन्दे!

भयंकर है यह दुनिया!

Ω

"कोचिंग बन्द है क्या इन दिनों?"

रूपा को घर में रहते हुए दस दिन से ऊपर होने को आए, पिता ने ही पूछा तो रूपा जागी-सी...

"जो सीखना था, सीख लिया। अब तो मुझे ही करना है जो करना है... यहाँ से या वहाँ से। मैं सोचती हूँ वहाँ खर्च क्यों किया जाए...जब ज़रूरत हुई तो यहीं से फ़ोन कर लिया। इतनी वाक्फ़ियत तो हो ही गई है वहाँ..."

पिता को बेटी का ख़याल जँचा...घर के रुपये बचाने का सोच रही है। कोचिंग वाले एकमुश्त ले चुके जो लेना था...लेकिन हॉस्टल का खर्च तो है ही...फिर रूपा लाख स्वतंत्र, आत्मनिर्भर रहने वाली लड़की हो...चिन्ता तो रहती है।

"वाइन्ड-अप करने एक दिन को जाऊँगी...आख़िरी हफ्ते। इस माह का हॉस्टल का किराया दे ही चुकी हूँ, उसके पहले खाली कर दूँगी।"

डैडी की बात सामने लहराती है, भले ही वह उनकी झुँझलाहट में निकली हो...'जल्दी क्या है?'

शायद वह बहुत तेज़ दौड़ी, साँस फूल आई। प्राकृतिक रफ़्तार से ख़ुद को चलने देती तो...

स्थैर्य या गति?

रश्मि ने ऐसे घर का सपना देखा था, जो प्रेम से लबालब हो—पहला प्यार होने वाले पति से ही...फिर घर बसाने में पति-पत्नी का पारस्परिक प्यार, बच्चों से प्यार...उस प्यार से प्रेमी-प्रेमिका/पति-पत्नी का प्यार और बढ़ता हुआ। इस तरह पहला प्यार आजीवन ठहरा हुआ, उम्र को नकारता। सपना भर नहीं, वह उसे साकार करने के लिए सतत सजग...और प्रयत्नशील भी रही...यहाँ तक कि यह भी ख़याल कि उसके जीवन साथी और उसकी शिक्षा एक-सी हो...जिससे कि दोनों का सोच भी एक तरह का रहे। उसकी मित्रता अपने क्लासफैलो राहुल से हुई...जब दोनों एम.बी.ए. कर रहे थे। मित्रता के दौरान उसे दिखा कि वे दोनों लगभग एक से विचार, संस्कार, पसन्द-नापसन्द वाले थे तो मित्रता प्रेम में फैल गई। दोनों नौकरी के रास्ते अलग-अलग दिशाओं में जाने, अलग-अलग तरह के प्रभावों में आने को मजबूर न हों...इसलिए उन्होंने अपनी स्वतंत्र बिजिनिस बिठाने का फ़ैसला किया, जिसमें दोनों मिलकर काम करेंगे, अपनी पढ़ाई का फ़ायदा बाहर की कम्पनियों को देने के बजाय, अपनी इंडस्ट्री को देंगे। छोटे स्तर पर शुरू हुआ उनका काम तेज़ी से आगे बढ़ा... क्योंकि व्यापार में भी उनका प्रेम था...इसलिए दोनों की लगन, मेहनत। फैलते हुए व्यापार ने विदेश में उड़ान भरने के लिए पर फुलाना शुरू किया...तब तक उनके दो बच्चियाँ हो चुकी थीं। रश्मि संशकित हुई तो राहुल ने समझाया...

"हमारी प्रौडक्ट की जितनी मार्किटिंग हिन्दुस्तान में हो सकती थी, हमने की। अब बाहर के रास्ते तलाशने होंगे वर्ना स्टोरिंग की समस्या खड़ी हो जाएगी।

अगर प्रोडक्षन रोका गया तो व्यापार का ग्राफ़ नीचे की तरफ़ लुढ़कने लगेगा। किसी भी व्यापार के विकास की अपनी एक लौजिक होती है, हमें उसे उस रास्ते जाने से रोकना नहीं चाहिए। यहाँ का काम तुम सँभाल लेना, विदेश का मैं। शुरुआत श्रीलंका से करेंगे, जो पास ही है। हम वैसे ही साथ काम करते रहेंगे, जैसे अब तक...फ़ोन, कम्प्यूटर, नये-नये उपकरणों की मदद से। फ़र्क़ महसूस नहीं होगा।"

रश्मि की चिन्ताएँ दूसरी थीं—"अगले महीने से अपनी छोटी बेटी भी स्कूल जाने लगेगी। अभी तक मैं माँ और तुम्हारी बिजिनिस पार्टनर...दोनों रोल निभा सकी...क्योंकि तुम यहाँ थे। तुम विदेश में...मैं अकेले...दोनों काम नहीं सँभाल पाऊँगी।"

"ओ.के. डार्लिंग! मैं समझ सकता हूँ। तुम पर ज़्यादा बोझ आ जाएगा। घर और बाहर दोनों को सँभालना कठिन होता है, ख़ासकर उस समय जब बच्चे भी पैरेंट्स का पूरा समय माँगते हैं। ऐसा करते हैं...यहाँ के काम के लिए मैनेजर रामस्वरूप की पोजीशन अपग्रेड कर देते हैं, तरक्की पाकर वह भी ख़ुश हो जाएगा...इतने सालों से हमारे साथ है। मुझसे सलाह-मश्विरा करता रहेगा। मैं महीने में एक चक्कर तो लगा ही सकता हूँ...श्रीलंका कितना दूर है... जैसे भारत का ही कोई प्रान्त। तुम पूरा समय घर को देना।"

"इसमें शक नहीं कि मुझे घर के काम और बच्चों की देखभाल में तृप्ति मिलती है...लेकिन मैं अपनी पढ़ाई-लिखाई का क्या रही हूँ...यह काँटा तो चुभेगा?"

"कॉलेज के दिनों में तुम कहानियाँ लिखती थीं। याद है—तुम्हारी कहानी जब कॉलेज की पत्रिका में छपी थी...उसकी तारीफ़ करते हुए ही मैं तुम्हारे पास पहुँचा था। हमारा परिचय वहाँ से शुरू हुआ था। तुम्हारे अन्दर प्रतिभा है। तुम उस लाइन को फिर पकड़ो। शिक्षा का सही इस्तेमाल तो वहीं है, जितना ज्ञान बाँटो, उतना बढ़ता है। हमारी बिजिनिस में अब क्या रहने वाला है...नफा-नुक़सान, जोड़-बाकी, गुणा-भाग...जैसे एक परचून के दुकानदार का होता है...थोड़ा बड़े लेविल पर...और क्या? तुम नई-नई चीज़ें लिखोगी।

तुम्हारा मानसिक विकास होता चलेगा...जबकि मेरा...अभी ही रुक गया है। तुम्हारी प्रतिष्ठा फैलेगी...जो अभी इस छोटी-सी बिजिनिस में कैद होकर रह गई है। मैंने अपने स्वार्थ में तुम्हारी प्रतिभा को विकसित नहीं होने दिया। तुम्हें बिजिनिस से मुक्त कर मैं अपनी उस गलती का प्रायश्चित कर सकूँगा..."

गलती कहाँ हुई...पहले दोनों ने जब बिजिनिस पार्टनर बनकर साथ चलने का सोचा था या तब जब उसे गलती मानकर सुधारने चले—अपने कार्यक्षेत्र साफ़-सुथरे ढंग से अलग-अलग विभाजित कर लिए...राहुल बाहर व्यापार देखे, रश्मि अन्दर परिवार, लेखन में लगे।

लिखना शुरू हुआ तो रश्मि के आगे एक नई दुनिया खुलना शुरू हुई—नये लक्ष्य, नये सम्पर्क, नई तृप्तियाँ। कहानियाँ प्रकाशित होते ही, उसके पास फ़ोन पर फ़ोन आने लगे...क्योंकि कहानी के साथ उसका फ़ोटो और फ़ोन नम्बर भी होते थे। तारीफ़ें, जो राहुल के संग बिजिनिस में काम करते हुए कभी नहीं मिली थीं...सुनकर अच्छा लगता था। बिजिनिस के कामों में तृप्ति थी तो निकट भविष्य में आते हुए पैसों की...यहाँ तत्काल तारीफ़ों की थी... उसका नाम जो घर और व्यापार के आगे अपरिचित क्षेत्रों में फैलता जा रहा था। हर नया फ़ोन रष्मि को पुलकित कर जाता। जितना सुदूर अन्जान जगहों से...पुलक की लहरियाँ उतनी ही ज़्यादा थपेड़े मारतीं। लोग उसे कार्यक्रमों में आमंत्रित करना चाहते। एक-दो में वह गई भी, जब राहुल भारत में हुआ। मंच पर बैठना, स्वागत-सम्मान में पुष्पगुच्छ लेना...छोटी-मोटी तहरीर देना... जिसे सामने बैठा श्रोता समुदाय ध्यान से सुनता...वह गुदगुदाहट से भर जाती।

दूसरे कार्यक्रम में रवि से मुलाकात हुई। रश्मि से सीनियर, अधिक चर्चित साहित्यकार। उम्र में बहुत बड़ा नहीं लेकिन साहित्य में बचपन से ही...इसलिए व्यक्तित्व, लेखन और उससे सम्बन्धित सोच में प्रौढ़ता। चाय के दौरान उसने रश्मि से कहा...

"इन कार्यक्रमों की उपयोगिता थोड़ी बहुत शुरू में ही होती है जब लेखक को अपनी पहचान बनाना होती है, वर्ना क्या है यहाँ...सिर्फ़ तात्कालिक, अल्पकालिक सुख, जो हवा के दूसरे झोंके के साथ ही उड़ जाता है।

मैं इनमें आकर अपना समय ही बर्बाद करता हूँ। लेखन का रास्ता लम्बा है—आजीवन चलने वाला—गहरा...और गहरा लिखना, जीवन के नये-नये अर्थ ढूँढ़ना, उन्हें लेखन में उद्घाटित करना, लिखने के साथ-साथ अच्छा और बड़ा साहित्य पढ़ते चलना...मैं यह समझता हूँ, लेकिन चल नहीं पा रहा..."

रवि की प्रौढ़ता ठस प्रौढ़ता नहीं थी...तरल थी, जैसे कि उसका चेहरा। उम्र के हिसाब से ज़रूर वह प्रौढ़ता में प्रवेश कर रहा था लेकिन चेहरा युवा छटपटाहट से अब भी छलछलाता हुआ...आकर्षक। रश्मि लेखन के शुरुआती मोहपाश में बँधी चली जा रही थी...रवि ने उसका हाथ पकड़ बहाव के बाहर खींच लिया, उसे आगे का रास्ता दिखाया—

"कार्यक्रमों में जाना चाहिए मगर चुनकर...जहाँ हमें लेखन के आधार पर बुलाया गया हो, सिर्फ़ फ़ोटो और उम्र देखकर या कम खर्च का सोचकर ही नहीं...और यह हमें दिख जाता है, वहाँ जाएँ जहाँ बड़े लेखक मिलें, वे जिनके लेखन से आप पहले से ही प्रभावित हों, जहाँ सचमुच आपको अपना विकास दिखे।"

रवि देखने में साधारण से थोड़ा ही ऊपर था लेकिन जब बोलता तो ख़ूबसूरत हो जाता था, रश्मि मुग्ध सुनती चली जाती, उसे और सुनना चाहती। दोनों ने एक-दूसरे के फ़ोन ले लिए। अब वे हर तीसरे-चौथे रोज़ बातें करते—पत्रिकाओं, प्रकाशन के बारे में, कहाँ किसका क्या छपा है, कहाँ क्या पढ़ने लायक है। समकालीन लेखकों का जहाँ ज़िक्र आता, रश्मि रवि की उनके बारे में राय जानना चाहती। रश्मि क्या नया लिख-पढ़ रही है...रवि हर बार यह पूछना न भूलता।

"जो लिख रही हो, उसे तब तक सुधारो जब तक कि तुम्हें यह न लगे कि अब तुम्हारे बस का कुछ नहीं रहा, उसके बाद भी हफ्ता-दस दिनों के लिए एक तरफ़ रख दो, फिर उठाओगी तो तटस्थ होकर देख सकोगी। कोशिश करो कि एक भी जुमला फालतू न जाए...मैं तो यह करता हूँ।"

"नई कहानी जो हाल मैंने पूरी की है, क्या उसे आपके पास भेज दूँ, आप देखकर अपनी राय दे सकेंगे?"

रवि ने स्वीकृति दे दी तो वह एक सिलसिला बन गया। अब हर रचना पर वह रवि के बताए सुझावों के आधार पर मेहनत करती। रवि ही सुझाता कि छपने के लिए उसे कहाँ भेजा जाए। उससे सम्पर्क बढ़ता गया, लेखन की अजनबी दुनिया में उसे एक गार्जियन मिल गया था, जहाँ रवि के साथ वह उसी तरह चलती जैसे कल तक बिजिनिस के क्षेत्र में राहुल के साथ चलती थी। तृप्ति...सुख, मैत्री-भाव, थोड़ी-थोड़ी प्रेम की आँच भी क्योंकि उसे रवि की हर चीज़, हर बात सुन्दर लगती थी!

लेखन से सम्बन्धित हर चीज़ पर वह रवि की सलाह लेती। रश्मि की दो किताबें आ गईं...उन पर कुछ अच्छी समीक्षाएँ निकल गईं तो वह थोड़ी-बहुत चर्चित लेखिका भी हो गई, लेकिन रवि बराबर उसे साहित्य के सुदूर क्षितिज दिखाता, उस तरफ़ प्रेरित करता। इन दिनों उसे राहुल से ज़्यादा रवि के फ़ोन का इन्तज़ार रहता था...उससे की जाती बातों में ज़्यादा प्रीतिभाव महसूस होता। राहुल से बातें तो व्यापार और बच्चियों के मसलों से सम्बन्धित ज़्यादा होती थीं—औपचारिक; जबकि रवि के साथ अपने व्यक्ति की, साहित्य की, नये खुलते क्षितिजों की होतीं। अक्सर उसे लगता कि उसकी अपनी निजता राहुल के साथ रहते-रहते खो गई थी, जिसे अब रवि की मदद से वह फिर से ढूँढ पा रही है, उसे सहेज रही है। राहुल श्रीलंका से दो महीनों में एक बार तो ज़रूर आता था, लेकिन रश्मि को न तो उसके आने की कोई बहुत उत्कंठित प्रतीक्षा रहती थी, न ही उसके आने पर बहुत उल्लास।

जैसे ही ये अहसास जागे, रश्मि अचकचाहट से भर आई। क्या इतने वर्षों के पारिवारिक जीवन ने उनके प्रेम को सोख लिया...या कॉलेज में उनकी सिर्फ़ मित्रता थी, जिसे रश्मि प्रेम का नाम देकर अपने साथ अपना घर बसाने चल पड़ी, सुख की प्रतीति इतने सालों अपने आपको देती रही। जिस तरह वह रवि की तरफ़ खिंचती जा रही थी, उसमें उसे प्रेम की झलक दिखाई देती... तो क्या प्रेम उसे पहली बार अब हो रहा है...

शायद प्रेम का उसे अवसर ही नहीं मिला था—राहुल हमेशा साथ था, पहले कॉलेज में, फिर बिजिनिस और घर में भी! जैसे ही वे अलग-अलग

दिशाओं में चले, अवसर उपस्थित हुआ...और प्रेम खुलक आया...लेकिन राहुल से नहीं, रवि से।

"श्रीलंका में सेंटर चल पड़ा है, सोचता हूँ वहाँ किसी विश्वासपात्र को मैनेजर रखकर वापस आ जाऊँ। एक उम्र के बाद बहुत दिनों तक घर-परिवार से दूर इस तरह नहीं रहा जा सकता।" अगली बार जब राहुल आया तो उसने अपने विचार रश्मि के सामने रखे। रश्मि थोड़ा असहज हो आई...

"वैसा विश्वासपात्र कहाँ मिलता है आजकल, वह भी विदेश में।"

"वह तो है। नहीं होगा तो अपने रामस्वरूप को ही वहाँ स्थानान्तरित कर सकते हैं। उसकी जगह यहाँ किसी नये को रख, उसे ट्रेंड करूँगा।"

राहुल ने रामस्वरूप से पूछा तो उसने विनम्रता से इन्कार कर दिया। वजह वही राहुल वाली—इस उम्र में अपनी घर-गृहस्थी छोड़कर कैसे जाएगा? तो राहुल के दिमाग में अगली बात आई—

"क्यों न उसके जिम्मे यहाँ का काम सौंप, हमीं श्रीलंका शिफ्ट हो जाएँ?"

घबराहट की हल्की लहर रश्मि के भीतर दौड़ गई...वहाँ कहाँ मिलेगा लेखन का यह वातावरण...पत्रिकाएँ, प्रकाशक, कार्यक्रम...रवि...

"कहाँ-कहाँ शिफ्ट होते फिरेंगे। श्रीलंका के बाद तुम्हारी निगाहें किसी दूसरे देश की तरफ़ हो सकती हैं। हम कहाँ-कहाँ जाएँगे...बच्चियों की पढ़ाई का क्या होगा...और मेरा लिखना...?"

"श्रीलंका में भी अच्छे स्कूल हैं...और लिखना...वह तो कहीं से भी करती रह सकती हो।"

"कागज़-कलम लेकर कहीं भी मेज़ पर बैठ जाने से यह लेखन नहीं आता, जिसे हम साहित्य कहते हैं। अपने देश रहकर, अपनी ज़मीन की गंध भी चाहिए।" रश्मि अब अनुभवी साहित्यकार की तरह बात कर सकती थी।

पहली बार रश्मि को अपने और राहुल के बीच का फासला दिखाई दिया... उग तो वह कब से रहा था। राहुल अपढ़ जैसी बातें कर रहा था—व्यवसाय में ही रहते, खपते उसकी सोच एकांगी हो गयी थी—वह सिर्फ़ स्थूल चीज़ें ही समझ पाता है। वह क्या समझेगा...वे गहराइयाँ लिखने की, जीवन की जो रवि दिखाता है।

"इन्तज़ाम जो अभी हमने बिठाया है...उसे ही फिलवक्त चलने दो, श्रीलंका सेंटर ठीक से जम जाए। उसके बाद सोचा जाएगा..."

रश्मि ने फिलवक्त वह बात टाल दी किसी तरह...लेकिन उसे अपना पुराना लक्ष्य भी याद आया—घर और प्रेम दोनों...जिसकी प्रतीति कल तक होती थी। घर है, बच्चियाँ और वह रहते भी हैं उसमें, लेकिन राहुल तो नहीं है...उससे प्रेम...वह भी पहले जैसा कहाँ रहा? क्या ज्यों-ज्यों वह लिखने की धारा के साथ बहती चली गई है, राहुल से दूर होती गई है? प्रेम में सामीप्य, सुविधा की भूमिका अधिक है या मन के बन्धन की? मन का बन्धन कब तक सामीप्य की कमी को भरे रह सकता है? और जो वह इन दिनों रवि की तरफ़ खिंचती चली जा रही है तो क्या एम.बी.ए. वाली पढ़ाई जो राहुल के साथ हुई थी...वह रश्मि के स्वभाव से मेल नहीं खाती थी...उसके स्वभाव में साहित्य पहले से ही था...जो अवसर आते ही रवि की तरफ़ दौड़ पड़ा, उससे मिलकर प्रेम की प्रतीति देने लगा...अब घर इधर, प्रेम उधर...

"मैं जनपथ होटल में रुकूँगा। तुम भी अगर वहीं ठहरो तो कार्यक्रम के बाद भी हमें साथ बिताने का समय मिल जाएगा।" रवि का प्रस्ताव था।

वे एक कार्यक्रम में दिल्ली जाने वाले थे। रवि तो आमंत्रित ही था, उसने आयोजकों से कहकर रश्मि को भी आमंत्रित करा लिया था। रश्मि ने तत्काल कार्यक्रम में जाने की स्वीकृति दे दी थी। कार्यक्रम का मोह ऊपर से रवि के साथ होने का आकर्षण भी।

"मैं अपनी मौसी के यहाँ ही ठहरती हूँ...जब भी दिल्ली आती हूँ। मिलने का समय हम निकाल लेंगे, कार्यक्रम में मिलेंगे तो तय कर लेंगे।"

रश्मि जब भी बाहर कहीं जाती, किसी रिश्तेदार या परिचित के घर ही ठहरती थी...वहाँ की असुविधाओं के बावजूद। यह इसलिए कि वह राहुल की जानकारी में सब कुछ रखना चाहती थी। भले वह साहित्यिक कार्यक्रम हो, राहुल की हिस्सेदारी वहाँ भी होना चाहिए, राहुल से प्रेम की खातिर यह उसे सायास करना था। दूसरे...पिछले दो-तीन कार्यक्रमों में भागीदारी के दौरान वह यह अनुभव कर चुकी थी कि वह लाख रूखाई दिखाए, पुरुष-लेखक उससे सटने की कोशिश

करते थे...लेखन के कारण उतना नहीं जितना इसलिए कि वह महिला थी और थोड़ी-बहुत सुन्दर भी। रश्मि को साफ़ दिख जाता था जो उससे घनिष्ठता चाहते थे, किसलिए चाहते थे यह भी। अगर वह होटल में उन लोगों के बीच ठहर गई, भले ही अलग कमरे में हो...तो भी उन लोगों की संगत झेलना पड़ेगी। अभी तो सिर्फ़ कार्यक्रम में और थोड़ा-बहुत, उसके बाद चाय के दौरान।

रवि से अलग से मिलना कार्यक्रम वाले दिन ही शाम पाँच बजे, होटल के कॉफ़ी लाउंज में तय हुआ। रश्मि ठीक पाँच बजे कॉफ़ी लाउंज पहुँची तो रवि वहाँ कहीं नहीं दिखाई दिया। उसने फ़ोन लगाया—

"मैं हाल ही कमरे में पहुँचा हूँ, तुम यहीं आ जाओ, वहाँ कहाँ अकेली बैठोगी! कमरा नं. 338...यहीं से साथ नीचे उतर लेंगे।"

"मैं बाहर टहलती हूँ तब तक, नीचे आ जाओ तो फ़ोन कर देना, मैं लाउंज में आ जाऊँगी।"

आदतन....और जो ट्रेनिंग उसने ख़ुद को दी है...स्वतः ही मुँह से निकल गया। वह रवि पर शक तो नहीं करती...फिर भी रवि का उसे अपने कमरे में बुलाना थोड़ा अजीब तो लगा। क्या यह रवि की कोई पूर्व योजना के तहत था...उसने उसे इसी होटल में ठहरने को भी कहा था!

उसे पुरुषों की संगत इसीलिए पसन्द नहीं आती, परिचय होते ही ढकेलने लगेंगे उसी तरफ़...निगाहों में चाहत काई की तरह उतराती रहती है। रवि फ़र्क़ है—वह जानती है, लेकिन पुरुष तो है। फिर एकान्त...रश्मि ही कमज़ोर पड़ सकती है, मनुष्य तो वह भी है!

थोड़ी देर में रवि नीचे आ गया।

वे कॉफ़ी लाउंज में साथ बैठे...रवि कहीं से आहत था क्या—रश्मि ने उसे दूसरों की तरह समझा, इतने दिनों की घनिष्ठता को ज़रा भी वरीयता न दी? वैसा कुछ दिखा तो नहीं, लेकिन उस मुलाकात को जैसे उनकी आत्मीयता को आगे बढ़ाना था...वह नहीं हुआ। वे औपचारिक-औपचारिक बातें ही करते रहे। कॉफ़ी पीकर बाहर आ गए, रश्मि ने वहीं से वापस होने की बात कही तो रवि थ्री व्हीलर तक साथ आया।

"वापस कब जा रही हो?"

"रात दस बजे ट्रेन है, आज ही।"

"घर पहुँचकर फ़ोन कर देना कि ठीक से पहुँच गई।"

"ज़रूर..."

रवि को उसका कितना ख़याल था!

आने वाले दिनों में उनकी बातें पूर्ववत होती रहीं। कुछ समय बाद रवि ने एक लेखक शिविर के बारे में सूचना दी, आने की सलाह दी।

"मैं नहीं आ सकूँगी। वहाँ लेखकों के साथ ठहरना..."

"शिविर में औपचारिक कार्यक्रमों के बाद...कभी-कभी ज़्यादा मूल्यवान बातें हो लेती हैं।"

"हो सकता है पर पता नहीं उस तरह रहने के ख़याल से ही मैं असहज हो जाती हूँ।"

"वहाँ दो लेखिकाएँ भी होंगी...मैं रहूँगा ही।"

"मेरा आना नहीं हो सकेगा।"

राहुल को बताया, वह उन दिनों यहीं था।

"मेरे ख़याल से तुम्हें जाना चाहिए"—राहुल की सलाह थी—"लेखन के रास्ते चली हो तो लेखकों की दुनिया में उतरना होगा, लेखकों के साथ उठना-बैठना होगा, तभी तो विचारों का आदान-प्रदान हो सकेगा।"

"अरे, तुम नहीं जानते इन लेखकों को। मैं कार्यक्रमों में जाकर देख चुकी हूँ। महिला को देखते ही लार चूने लगती है।"

"यह तो उस महिला पर है...उसकी मर्जी के बगैर कोई उसे छू नहीं सकता। फिर वहाँ रवि तो है ही, तुम्हें उस पर भरोसा है।"

"मैं मानती हूँ कि रवि उस तरह का नहीं है, लेकिन उससे डर दूसरी तरह का है। मैं ही उसकी कुछ ज़्यादा क़रीबी हो सकती हूँ—जो मैं नहीं चाहती। मेरे लिए मेरा घर, तुम्हारा प्रेम मुख्य है।"

"अपना घर, प्रेम क्या इतना कमज़ोर है कि किसी फूँक में ढह जाएगा? देखो भाई! लेखन और साहित्य के क्षेत्र में मैं जीरो हूँ, तुम्हें वह नहीं दे सकता

जो रवि दे सकता है, और वह तुम्हें लेना चाहिए। दूसरे, मैं सोचता हूँ कि लम्बा समय साथ रहने के बाद अच्छे से अच्छे सम्बन्ध में एक उबास तो आ ही बैठती है। अगर कोई नया झोंका आता है तो वह उस उबास को बहा सकता है। हमारे प्रेम के यह माने तो नहीं कि हम अपने दरवाज़े-खिड़कियाँ ही बन्द कर लें।"

"पुरुष लोग जैसे जब चाहे किसी प्रकरण से बाहर निकल लेते हैं, स्त्रियों के लिए अक्सर यह सम्भव नहीं हो पाता। मैं घर और घर में प्रेम...दोनों चाहती हूँ। इसके लिए मुझे उम्र के हर दौर में कोशिश करते रहना होगी—यह मैं समझती हूँ। रवि कहता है लेखक की वरीयताओं में सबसे ऊपर लेखन होना चाहिए...लेकिन मेरे लिए पहला स्थान घर का है।"

"अगर मैं तुम्हें विश्वास दिलाऊँ कि तुम्हारे उन लोगों के साथ आने-जाने, उनके बीच उठने-बैठने से मेरे-तुम्हारे सम्बन्ध में कोई फ़र्क़ नहीं पड़ेगा...तब भी नहीं जाओगी?"

"शायद नहीं। क्योंकि तुम और मैं दोनों मनुष्य हैं, हममें भी कमज़ोरियाँ हैं। कोई फ़र्क़ नहीं आएगा...यह आज हम सोचते हैं, कल के दिन, बदली हुई परिस्थितियों में ऐसा कर सकेंगे...इसकी गारंटी न तुम दे सकते हो, न मैं।"

"देखो भाई! आधुनिक सभ्यता, सावित्री-सत्यवान जैसी चीज़ों को बहुत पीछे छोड़ आई। अपने ऊपर ज़बरदस्ती बन्दिश लगाना ख़ुद को अपने समय से काट लेना है, एक्टर्स-एक्ट्रैसेज को नहीं देखती...कितनों के कितनों से सम्बन्ध रहते हैं, कोई कितनों से सम्बन्ध रहने के बाद भी विवाह करती है...घर बना लेती है जो पति और समाज...सब जगह स्वीकार होता है। और चलता भी है।"

"एक्टर-एक्ट्रैसेज की बात दीगर है। उनकी तो हर चीज़ पैसे से तय होती है। मूल्यों की बात हमारे यहाँ मध्य-वर्ग में ही उठती है।"

"पैसे की बात न सही, अपना विकास, अपनी टैलेंट का विकास...यह लक्ष्य तो रहना चाहिए, हमारी सभ्यता जो इस पर फोकस करती है, वह गलत तो नहीं। हर क़दम पर, हर हाल में घर, और पति का सोचना पुरातनपंथी होना है। इसमें ज़बरदस्ती की गई कोशिश भी है। उसे सहज स्वाभाविक प्रेम तो

नहीं कहा जा सकता। मौजूदा हमारा समाज लिब्रल समाज है, सबसे खुलकर मिलना-जुलना चाहिए।"

"पति होते हुए, उसकी जानकारी में सही, एक नहीं कइयों से प्रेम करना... यह तो फ्लर्टिंग है, क्या तुम इसकी वकालत करते हो?"

"सामाजिकता के तहत लोगों में उठना-बैठना...किसी से थोड़ी-बहुत मित्रता हो जाना...ये प्रेम ही तो नहीं है।"

"कहीं मैंने पढ़ा था आदमी औरत की दोस्ती प्रेम में ही ले जाती है।"

"प्रेम हर किसी से नहीं हो जाता, हमारी वह उम्र भी नहीं, हम प्रौढ़ हैं। एक-दूसरे को, बाहर की दुनिया को बख़ूबी समझते हैं, हमें उतनी फुर्सत भी नहीं। मैं तो सिर्फ़ स्वाभाविकता के पक्ष में हूँ...ख़ुद को रोकना नहीं चाहिए। यह भी तो हो सकता है कि तुम्हारा लेखकों के बीच उठना-बैठना, रवि से मित्रता...इनसे हमारे प्रेम को नई गर्माहट मिले।"

रश्मि पशोपेश में पड़ गई। राहुल के लिए व्यक्ति, विकास, वैयक्तिकता... अपनी अलग रुचि, उसके अनुसार चलने से ख़ुद को न रोकना...ये बातें मुख्य हैं। पति-पत्नी, घर...बाद में। कहीं वह अपने लिए भी तो वैसी सुविधाएँ नहीं चाहता जो रश्मि को देने जा रहा है? अभी तक राहुल को उससे, न उसे राहुल से कोई शिकायत हुई है। दोनों ख़ूब सामाजिक रहे हैं, खुलकर लोगों से मिलते-जुलते हैं। जिससे जैसा मन हुआ, वैसे सम्बन्ध भी बनाए हैं...लेकिन साथ-साथ। रश्मि पहली बार राहुल के बिना पुरुषों के बीच उतर रही है... लेकिन राहुल के तर्कों में वजन है, फिर वह भी इतनी कमज़ोर नहीं...खामख्वाह अपने में आत्मविश्वास की कमी ढूँढ़ रही है...या सिर्फ़ राहुल को प्रभावित करने के लिए...वर्ना मन तो उसका भी है...

रश्मि लेखक-शिविर में गई। आठ-दस लेखक थे, महिलाएँ रश्मि के अलावा दो। सीनियर्टी के हिसाब से एक महिला अलग कमरे में थी, रश्मि दूसरी के साथ एक कमरे में। दिन में औपचारिक सत्र चले...शाम को जिसका जैसा मन...लेकिन ज़्यादा लोग हाल में साथ बैठे। वहाँ शराब के साथ बातचीत। दोनों महिलाएँ वाइन ले रही थीं, रश्मि से पूछा गया तो उसने मना कर दिया।

उसके लिए पीने-पिलाने के बीच उस तरह बैठना कोई नई बात नहीं थी... राहुल ड्रिंक लेता था, रश्मि नहीं लेती थी। उनके दोस्त यह जानते थे, इसलिए रश्मि से कोई बहुत आग्रह नहीं करता था। यहाँ भी किसी ने नहीं किया। वह जूस लेती रही...बातें चल पड़ीं...लेकिन साहित्य सम्बन्धी विचार-विमर्श कम, लेखक-लेखिकाएँ जो मौजूद नहीं थे, उनके चर्चे...अधिकतर छींटाकशी, उनके लेखन की जगह उनके व्यक्तित्व-व्यवहार, चाल-चलन की आलोचना...ये ज़्यादा थे...जो रश्मि को अच्छा नहीं लग रहा था। रवि ने रश्मि को थोड़ा असहज होते देखा तो उसके पास आकर बोला...

"चलो हम लोग थोड़ा बाहर घूमकर आते हैं...दिन भर की बहसों के बाद हवा के झोंके ताजगी लाएँगे।"

दोनों अकेले बाहर निकल आए।

"तुम्हें अच्छा नहीं लग रहा था।"

"वैसा तो नहीं...जिनकी बातें हो रही थीं...मैं उन्हें जानती नहीं। जो मौजूद नहीं है, पीठ-पीछे उनकी...किसी की भी बुराई करना मुझे अच्छा नहीं लगता।"

"तुम ठीक कहती हो। यहाँ यह भी हो सकता है कि कुछ लोग ज़्यादा पी लें, बहक जाएँ, ऊटपटाँग बातें करने लगें...तो तुम जब चाहे उठकर अपने कमरे में जा सकती हो। शिविरों में यह सब हो बैठता है, जो मैं मानता हूँ नहीं होना चाहिए...लेकिन शिविर के दूसरे फ़ायदे तो हैं ही..."

"अनौपचारिक माहौल जो हमें मिलता है, उसे तो हम यों बर्बाद कर डालते हैं। कहाँ हुई वे अनौपचारिक बातें जो तुम कहते थे...हो लेती हैं।"

"क्यों...हम-तुम साथ चल रहे हैं, बातें भी हो रही हैं। कुछ लोगों की कमरों में हो लेती हैं, तुम्हारी तुम्हारी रूममेट से होंगी। तुम कितने लेखक-लेखिकाओं को जानोगी। सबसे बड़ी बात—यहाँ हम अपने परिचितों, परिवार, नौकरी के कूड़ा-कचरे—जो हमसे घर पर चिपका रहता है...उनसे दूर सिर्फ़ अपने, बहुत हुआ तो अपने साहित्यिक चोले को लेकर चलते हैं...ख़ुद को, दूसरों को भी कुछ उसी रूप में देख सकते हैं।"

"परिवार को तुम कूड़ा-कचरा कहते हो?"

"रूटीन जिसमें कोई भी चीज़ एक समय के बाद आ ही गिरती है...जैसे कूड़ा रोज़-रोज़ थोड़ा-थोड़ा एक जगह इकट्ठा हो गया...कूड़ा-कचरा ही तो हुआ। ईमानदारी से बताओ...क्या पारिवारिक ज़िन्दगी में वही-वही चीज़ें उबाने नहीं लगतीं, ताज़गी, नई चीज़ के लिए प्यास नहीं उठती?"

"नयी हर चीज़ तो ताज़गी नहीं लाती...जैसे आप लोगों की ये शराब वाली बैठकें...?"

"दरअसल...हमें यह सतत, हर जगह करना होता है—इर्द-गिर्द जमा होते कूड़ा-कचरे को हटाते चलना...जैसे तालाब के साफ़ पानी में डुबकी लेने के लिए इर्द-गिर्द के कूड़ा-कचरे, आल-वाल को दोनों हाथों से परे करते हैं।"

रश्मि को सचमुच यह सीखना होगा—कोई भी स्थिति शत-प्रतिशत तो अनुकूल, अच्छी लगने वाली नहीं हो सकती, लेकिन वह पूरी तरह तिरस्कृत करने वाली भी नहीं होती...उसी में से अच्छा निकाल लेना...जैसे रवि के साथ यों सुनसान पगडंडी पर या कि बातें करते हुए खरामा-खरामा चलना...रश्मि को प्रीतिकर लग रहा था। राहुल के साथ तो वर्षों से यह अनुभूति नहीं हुई। वे यों सिर्फ़ टहलाव के लिए कितना कम निकले...समय ही नहीं! निकले भी तो ऐसी बातें...बुनियादी बातें, जीवन सम्बन्धी कहाँ हुई...जैसे चलते-चलते एक मुकाम पर पहुँचकर थम जाना...जो जीवन बिता आए उसे देखना, जो प्रश्न अछूते रह गए, जो नये उपस्थित हैं...उनकी पहचान करना। यह सबके साथ नहीं हो सकता, राहुल के साथ भी नहीं, रवि के साथ हो सकता है। रश्मि की तरह वह भी परिवार वाला है, लेकिन साहित्य को ज़्यादा समर्पित, इसलिए परिवार से ज़्यादा छूट ले लेता है। ऐसे कार्यक्रमों में ज़्यादा शिरकत कर लेता है...वह कर सकता है क्योंकि पुरुष है...

वह क्यों नहीं कर सकती? राहुल ने उसे पूरी छूट दे रखी है।

"इन कार्यक्रमों की मीडियोक्रिटी तुम्हें नहीं गड़ती? जहाँ-तहाँ जाते रहते हो?"

"कभी-कभी वहाँ कुछ नया भी मिल जाता है, अप्रत्याशित...जैसे इस बार यहाँ तुम्हारा साथ मिल गया। मैं अकेले यात्रा पर भी जाता हूँ।"

"परिवार छोड़कर?"

"हाँ, परिवार के साथ गए, फिर तो सारा ध्यान सिर्फ़ परिवार की सुख-सुविधा में लगा रहता है। यात्रा में तो अकेले ही जाना चाहिए...हम वहाँ के परिवेश से ज़्यादा गहराई से जुड़ते हैं, हमारी अनुभूतियाँ, प्रतिक्रियाएँ ताज़ी, नई और सचमुच प्रामाणिक होती हैं। दरअसल, ये कार्यक्रम, यात्राएँ वगैरह... सब हमें साहित्य से जोड़े रखने में मदद करते हैं।"

"फिलहाल किस यात्रा पर जाने वाले हो?"

"लद्दाख...कहते हैं वहाँ जाकर एक विरल अनुभूति होती है...अचरज कि पृथ्वी पर ऐसा भी भूखंड हो सकता है...कुछ नहीं उगता जहाँ, सब कुछ सपाट...रेगिस्तान में रेत तो होती है, समुद्र में पानी...लेकिन वहाँ लद्दाख में, कहते हैं सिर्फ़ गंजी पहाड़ियाँ हैं...जैसे किसी व्यक्ति की ख़ूबसूरती उसकी गंजी खोपड़ी बढ़ा दे..."

"वाह! लद्दाख भी अकेले जाओगे? परिवार को भी ले जाओ...उन्हें भी दिखाना चाहिए।"

"पहली बार तो अकेले ही जाऊँगा, परिवार की ड्यूटी दूसरी बार। तुम चलना चाहोगी?"

"अरे! तुम तो विरल अनुभूतियों को बटोरने परिवार को छोड़कर अकेले ही जाना चाहते हो?"

"तुम फ़र्क़ हो। यात्रा में हम अलग-अलग रहेंगे, जब चाहे साथ भी हो सकेंगे। पृथक्-पृथक् हमारी अनुभूतियों की भागीदारी भी होती चलेगी।"

रश्मि के भीतर हल्की कुरेद उठी। वह तो किसी यात्रा पर अकेले नहीं गई, राहुल और बच्चियों को छोड़कर कहीं जाने का आज भी नहीं सोच पाती। रवि के साथ...वे अलग-अलग कमरों में रहें, अलग-अलग घूमें, और साथ भी जैसे अभी—ख़याल प्रीतिकर लगा, लेकिन उसने कोई जवाब नहीं दिया, उस बात को हवा में झूलते रहने दिया।

"लिखना क्या इतनी बड़ी चीज़ है कि उसकी खातिर परिवार को उपेक्षित किया जाए। पारिवारिक जीवन भी तो वैसा सुख दे सकता है जैसा हमें लिखने

से मिलता है। अगर प्रतिष्ठित होने, यश का सुख है तो चुपचाप पति, बच्चों का सुख लेते हुए अनाम ज़िन्दगी जीने का भी एक सुख है!"

"निश्चित है, लेकिन मुश्किल यह है कि परिवार वाले सुख हमें देर-सवेर छोड़ ही जाते हैं क्योंकि उनके लिए हम दूसरों पर निर्भर होते हैं। पति दूर रहने जा सकता है, बच्चे बड़े होकर अपनी-अपनी दुनिया में चले जाते हैं... सिर्फ़ अपना साथ रह जाता है...तो ख़ुद को सँवारते चलना चाहिए...वैसी ही सजगता से जैसे हम बच्चों का जीवन या पारिवारिक जीवन को सँवारते चलते हैं। अपने निज की उपेक्षा नहीं होना चाहिए...वर्ना एक दिन आएगा जब ये सब अपने रास्ते जा चुके होंगे और टिकने के लिए हमारे पास कुछ नहीं होगा।"

"कल के उस डर की आशंका से क्या आज के पारिवारिक सुख से ख़ुद को वंचित रखा जाए? बच्चे बड़े होकर एक दिन चले जाएँगे, अपनी ज़िन्दगी में डूब जाएँगे...यह सोचकर आज जो उन्हें बड़ा करने, उनकी परवरिश करने का सुख है...उससे हाथ खींच लिए जाएँ?"

"हर व्यक्ति की अपनी अलग बुनावट होती है। अपने सन्दर्भ में वही सोच सकता है कि उसे क्या चाहिए...और वही सही होता है। तुम शायद अपने परिवार से ज़्यादा जुड़ी हुई हो।"

"हाँ। यह भी है कि साहित्य से मेरा सम्बन्ध उतना लम्बा, गहरा नहीं रहा जितना तुम्हारा। मैं साहित्य की दुनिया में हाल ही तो आई हूँ...देर से। फिर मैं स्त्री हूँ...जो परिवार से ज़्यादा गहरे जुड़ी होती ही है।"

रश्मि ने देखा कि रवि थोड़ा अनमना हो आया था। रवि के चेहरे पर हमेशा लहराता बच्चों जैसा भोलापन मोहता था, उसके विचारों में बहते झरने की सफाई थी...ऐसा व्यक्ति झूठ बोल ही नहीं सकता, उसमें छिपाव-दुराव प्रवेश नहीं पा सकता। जो उसके भीतर चल रहा है, वह उसके चेहरे पर आ ही जाता है। अनमने होने की छाया ने रवि के चेहरे पर कालिख की हल्की झाँई बिछा दी थी...रश्मि के मन में लाड़ उमड़ आया। उसने रवि का हाथ अपने में ले लिया, उसे पकड़कर चलने लगी...

"निराश हुई शिविर में आकर?" रवि ने पूछा।

"थोड़ा। सत्रों में मौलिक विचार कम थे। आयोजन में बेवजह औपचारिकताएँ थीं। गनीमत कि गुलदस्ते फूलमालाएँ नहीं थे। औपचारिक परिचयों में प्रस्तावित वक्ताओं की तारीफ़ें...इनकी ज़रूरत नहीं थी। अनौपचारिक बैठक तो थोड़ी देर को देखी...उसमें फूहड़पन ज़्यादा था। लेखन से गहरे जुड़े लोग क़रीब-क़रीब नहीं...या शायद मैं ही तुम्हारी नाप से सभी को तौलने लगती हूँ।"

"तुम्हारी रूम पार्टनर कैसी है?"

"उसमें चर्चित हो जाने की छटपटाहट ज़्यादा है, लेखन, और बेहतर लिखने की कशमकश दूर-दूर तक नहीं।"

"शिविर दो दिनों का था...तुम एक दिन के लिए ही आईं?"

"मेरी छोटी बेटी मेरे न होने पर बड़ा चीखती-चिल्लाती है। उसे अपने पिता के पास छोड़कर आई हूँ, राहुल श्रीलंका में हैं। किसी-किसी तरह एक दिन का समय निकाल सकी।"

"तुम वैसे चीखती-चिल्लाती न हो...लेकिन बेटी के बिना छटपटाती तो हो।"

"शायद..."

रश्मि नहीं चाहती थी परिवार को बीच में लाना...लेकिन आ ही गया। रवि का हाथ छूट गया था और अब वे अलग-अलग चल रहे थे।

"तो तुम्हें शिविर से कुछ नहीं मिला?"

"क्यों नहीं..."

"क्या?"

"तुम्हें थोड़ा बेहतर जान सकी हूँ।"

रवि हँस दिया, पीछे-पीछे रश्मि भी।

रश्मि लौटी, रवि के साथ और ज़्यादा समय रहने, उसके साथ लद्दाख जाने की प्यास लिए...लेकिन कार्यक्रम या शिविर में जाना एक बात थी, वहाँ दूसरे कितने लोग होते हैं...यात्रा में किसी के साथ अकेले जाना? वह राहुल को बताएगी ही, वह मना भी नहीं करेगा...लेकिन? रश्मि को ख़ुद पर भरोसा है, रवि के साथ वह पूरी तरह से सुरक्षित भी रहेगी, लेकिन...? अब इस लेकिन का क्या किया जाए...लद्दाख की यात्रा न सीधे-सीधे लद्दाख के लिए है,

न ही साहित्य से जुड़ी है...रवि के साथ के लिए है। जबयह बात रश्मि के गले के नीचे ही नहीं उतर रही तो राहुल को कैसे पचेगी? लेखन या साहित्य के लिए वह इस तरह बच्चियों-राहुल को छोड़ कितनी दूर तक जाएगी...उन्हें साथ लेकर चलती है तो अकेले चलने के अनुभव, अनुभूतियाँ कहाँ मिलेंगी... जिन्हें वह भी मानती है कि लेखक के लिए ज़रूरी हैं। यही करना था तो परिवार क्यों बनाया। पुरुष लोग परिवार के होते हुए भी यह सब कर लेते हैं...लेकिन स्त्री? वह चली जाए और पाक लौटे तो भी राहुल के मन में शक का बीज तो पड़ ही जाएगा...जो आज न सही, कल के किसी दिन तो ज़रूर ही अंकुरा उठेगा...और तब वह लाख सफाई देती रहे...

रश्मि घर और घर में प्रेम...यह लक्ष्य लेकर चली थी, जीवन के बीच कहीं ये लक्ष्य बेशक बदल सकते हैं लेकिन क्यों, किस चीज़ की खातिर? रश्मि अपने घर, अपने बच्चों और राहुल से प्रेम में सुव्यवस्थित है। ठोस-ठोस ये हैं, रहेंगे...दूसरी तरफ़ सिर्फ़ धुंध है—लेखन...वहाँ वह कितनी दूर जा पाएगी? प्रतिष्ठा...तो वह मिलेगी ही...इसकी क्या गारंटी, मिल भी गई तो क्या वह अपने घर-परिवार के सुख से ज़्यादा महत्त्वपूर्ण होगी। प्रतिष्ठा में सब कुछ दूर-दूर से, औपचारिकता में आपको छुएगा। घर का प्रेम आपको निकट से, आत्मीयता से छूता है। जिस रास्ते वह चल रही है, उसमें यह बिलकुल हो सकता है कि रवि से उसे इस तरह का प्रेम हो जाए जैसा कभी राहुल से था...लेकिन वह भी आगे चलकर यहीं तो आकर ठहरेगा, जैसे आज राहुल का...तो फिर क्यों...क्या सिर्फ़ नई फुरफुरी की खातिर...जो चन्द दिनों में फुर्र हो जाएगी...

क्या वह लौट आए, लेखन का रास्ता छोड़ वापस राहुल की बिजिनिस-पार्टनरशिप में? लेखन में एक चीज़ तो है जो घर-परिवार, बिजिनिस में नहीं है...अपने में और भीतर पैठना, अपने छोटे दायरे से निकलकर वृहद् सन्दर्भों से जुड़ना...जो लिखने, सिर्फ़ लिखने, लगातार लिखते रहने से ही सम्भव है। ये कार्यक्रम, शिविर, यात्राएँ वगैरह परिधि की चीज़ें हैं। वह घर के अपने छोटे घेरे में रहकर ही लेखन करे...उसे लेखन के रास्ते भेजते समय राहुल की कल्पना भी यही थी। वह बाहर निकली और नये क्षितिज दिखे।

उनसे विमुख हो वह घर में ही लिखना-पढ़ना करे...यहीं हो जाए, जितना भी। माना कि किसी क्षेत्र में बड़ा कुछ पाने के लिए कुछ खोना भी पड़ता है... तो न मिलेगा उसे लिखने से वह जो शायद रवि को मिल जाए...और क्या। कुछ न मिले तो भी लेखन में अपनी तलाश, स्वयं को व्यक्त कर पाने की तृप्ति...यह तो रहेगी।

घर...जैसा उसका था, वह तो वापस ले आएगी राहुल को श्रीलंका से यहाँ बुलाकर, वह यहीं से बाहर की बिजिनिस चलाए...बहुत फैलती नहीं तो सन्तोष करे। बीच-बीच में दौरे पर जा सकता है। उसका मुस्तकिल यहाँ रहना घर की प्रतीति देगा...जो लंका से यहाँ आते-जाते रहने से नहीं मिलती। बिजिनिस से ज़्यादा ज़रूरी है वह। रश्मि भी बिजिनिस से उस तरह हाथ खींचकर न बैठे जैसे अभी बैठी है, राहुल के साथ बिजिनिस से जुड़ी रहे, जैसे पहले थी। इधर लेखन की गतिविधियों—जो भी, लिखना, प्रकाशित होना, नये परिचय-सम्पर्क...इनमें वह राहुल को शामिल किये रहे, जैसे अभी करती है। इस तरह घर तो हो जाएगा...लेकिन प्रेम? वह तो इतने दिनों साथ रहने से...जैसे रेल एक स्टेशन पर रुकी खड़ी है! गति नहीं है...जैसा रवि के साथ महसूस होता है—हर मुलाकात में नयापन, चलने का अहसास, उसे अपने इस घर में कैसे लाया जा सकता है...वह तो रवि से अलग मिलने, उसके साथ एकान्त में चलने से ही आ सकता है, जहाँ राहुल का प्रवेश-निषेध है। घर और घर में प्रेम...क्या वह ख़ुद को भुलावा देती चली आई है, चलती रह सकती है, हक़ीक़त में यह सम्भव नहीं है...जीवन मूलतः अधूरा रहने को अभिशप्त है।

घर में प्रेम...बढ़ती उम्र के साथ-साथ उसे नये रूप देते चलना...गति... वेग वगैरह के सपने न देखकर, थमाव, स्थिरता में प्रेम महसूस करना—यह शायद हो सकेगा जब वे बूढ़े हो जाएँगे—उम्र और जीवन-शैली में तालमेल... लेकिन अभी जिस उम्र में रश्मि है...वह गति का अहसास माँगती है। रवि के साथ यात्रा पर या कहीं जाने-आने की जगह अगर रवि का उसके घर में आना-जाना होने लगे...एक पूरक-सा? राहुल को कोई एतराज नहीं होगा...

रवि में ही शायद इसके लिए बहुत उत्साह न जागे। अगर यह चल भी गया तो आगे चलकर रवि से नज़दीकियाँ बढ़ने का खतरा है...और तब बवंडर उठेंगे...राहुल भी तब इतना सहज न रह सकेगा...जैसे आज है।

दशरथ के तीन रानियाँ, द्रौपदी के पाँच पति...वहाँ भी डिग्री की बात उठी थी। कैकेयी के प्रति अतिरिक्त प्रेम...और स्वर्गारोहण के समय द्रौपदी के पहले गिरने पर धर्मराज का मत—'तेरे मन में अर्जुन के प्रति अतिरिक्त प्रेम था!' आधुनिक साहित्य में तो यह कल्पना भी है कि द्रौपदी पतियों में से किसी से नहीं, कृष्ण से प्रेम करती थी, जो स्वयं कितनों से प्रेम करते थे!

रश्मि का यह समय कल्पनाओं का नहीं है, ठोस यथार्थ वाला है। रवि से वह अकेले में यहाँ, वहाँ, कहीं भी मिल सकती है, मिलेगी। उसके साथ लद्दाख या कहीं जा सकती है, पर नहीं जाएगी। घर में उसके आने-जाने का सिलसिला बिठा सकती है, पर वह यह नहीं करेगी। ऐसा करती है तो वह अपनी अलग राह पर चलने जैसा होगा...जो राहुल और उसके प्रेम के व्याकरण में फिट नहीं बैठता। वह तो एकल गायन हुआ...जबकि प्रेम तो जुगलबन्दी है।

कुछ चीज़ों का हल हमारी सोच में नहीं, ज़िन्दगी के हाथ में होता है। उन्हें ज़िन्दगी के पाले में छोड़ रश्मि आगे चले।

घर और घर में प्रेम भी...भले यह आदर्श हो, इसलिए काफ़ी हद तक अप्राप्य...लेकिन उसे सामने तो रखा जा सकता है, उस तरफ़ बढ़ते रहा जा सकता है।